Das Spektrum der Fragen, die Jungen in der Pubertät haben, ist groß: Es geht um Penislängen, Vorhautverengung, das erste Mal, Schambehaarung, Homo- und Bisexualität, Verhütung, Onanie und Verliebtsein. Doch wen fragen? Die Eltern? Wie peinlich! Die Freunde? Dafür ist man zu cool. Gut, dass es Benjamin Scholz gibt. Er beantwortet die meistgestellten Fragen und versammelt viele O-Töne und Fallgeschichten. Sein Tenor dabei: «Mach dir keine Sorgen, du bist genau richtig, wie du bist.»

BENJAMIN SCHOLZ, Jahrgang 1980, ist ausgebildeter Grafikdesigner. Nach Stationen in Werbeagenturen machte er sich selbständig und arbeitet als Freelancer in diesem Beruf. Darüber hinaus geht er zur Sexualaufklärung in Schulklassen und gibt Seminare für Jugendbetreuer und Lehrer. Seit 2014 beantwortet er in seinem erfolgreichen YouTube-Kanal *jungsfragen* alle Fragen zu den Themen Pubertät und Sexualität.

BENJAMIN SCHOLZ

jungsfragen

Alles, was du über deinen Körper, Sex und Pubertät wissen musst

Mit Illustrationen von
Dorthe Landschulz

Rowohlt Taschenbuch Verlag

Anmerkung:
Benjamin Scholz ist kein Arzt, ausgebildeter Sexualpädagoge oder Therapeut. Medizinische Erklärungen, Ratschläge und Ansichten basieren auf persönlichen Recherchen, eigenen Erfahrungen sowie Gesprächen mit Ärzt*innen und Interviews mit betroffenen Personen. Der Inhalt ist als Orientierungshilfe zu verstehen. Dieses Buch ersetzt keinen Besuch bei einer Ärztin / einem Arzt! Jeder muss mit dem Inhalt dieses Buches oder der Videos eigenverantwortlich umgehen.

3. Auflage Januar 2020

Originalausgabe ▪ Veröffentlicht im Rowohlt Taschenbuch Verlag, Hamburg, September 2019 ▪
Umschlaggestaltung zero-media.net, München, nach einer Idee von Benjamin Scholz ▪ Umschlagabbildung Benjamin Scholz ▪ Satz Pinkuin Satz und Datentechnik, Berlin ▪ Druck und Bindung CPI books GmbH, Leck, Germany ▪
ISBN 978 3 499 63460 4

«Pubertät is ’n Arsch.»

#isso

Ben ▪ jungsfragen.de

INHALT

VORNEWEG: PUBERTÄT IS ’N ARSCH!

Ehrlich ma’! Pubertät ist für den einen Jungen wie ein lockerer Spaziergang, und andere Jungs drehen völlig durch. Ich kann dir also jetzt hier – direkt in den ersten vier Zeilen des Buches – schon die allerwichtigste Botschaft für deine eigene Pubertät mitgeben:

PUBERTÄT IST BEI JEDEM MENSCHEN ANDERS – ENTSPANN DICH!

So.
Kannst das Buch jetzt weglegen. Reicht.
Danke fürs Lesen!

Okay … – also es *reicht*, wenn du diesen wichtigen Satz verinnerlichst! Soll heißen, dass die Entwicklung des Körpers bei jedem Menschen (Jungs *und* Mädchen!) in einem anderen Tempo und sogar in einer unterschiedlichen Reihenfolge abläuft: Haare wachsen an komischen Stellen. Deine Stimme spielt verrückt. Von gestern auf heute haste Pickel, so weit das Gesicht reicht. Dein Körper stinkt. Du schiebst mega Kohldampf. Deine Eltern nerven hart und deine allgemeine Stimmung ist auch eher ’ne Achterbahnfahrt. Manchmal passiert das alles gleichzeitig, mal nur das eine, mal nur das andere.

Und dann sind da noch die Mädchen, die auf einmal gar nicht mehr sooo doof sind. Plötzlich fallen dir deren Brüste auf, und du hast Angst, ’n Steifen zu bekommen. Was aber eigentlich auch egal ist, denn du läufst ja eh ständig mit ’ner Latte rum. Morgenlatte, Latte beim Einkaufen oder ’ne Latte mitten in Mathe – oder noch schlimmer: beim Schwimmen! Horror! In der Umkleidekabine guckst du dich nervös um und siehst, dass die Pimmel der anderen Jungs viel länger oder behaarter sind als deiner, und du fragst dich, wie oft *die* sich wohl einen runterholen oder ob du der Einzige aus der Klasse bist. Und wenn sich die anderen Jungs auch einen wichsen sooollten, wie machen sie es?! Fühlt sich deren Technik besser an, oder ist deine Technik sogar falsch? Die anderen sehen auch eh alle viel besser aus und hatten bestimmt schon alle Sex, nur du nicht! Und wie fühlt sich das überhaupt an, wenn andere den eigenen Penis anfassen, oder so ’n Blowjob oder halt so *richtiger* Sex? Wo muss der Penis überhaupt rein? UND WAS MUSS ICH DANN MACHEN? Aaaaaaahhhhhh!!!! So viele Fragen!

Ja moin, willkommen an Bord!

Da mussten wir alle durch. Aber wir haben’s alle geschafft … – und dich prügeln wir da jetzt auch durch.

Los geht’s! 😁

DIE BASICS

Hier sind mal zwei handelsübliche Pimmel abgebildet. So wissen wir ab jetzt alle, was sich wie und wo an eurem Gemächt befindet; und vor allem, wie es heißt. Denn ganz oft schildern mir Jungs ihre Probleme per Mail, aber können gar nicht beschreiben, was sie überhaupt meinen. Sie schreiben zum Beispiel, dass sie ein Problem *am Hoden* haben, und meinen eigentlich die *Vorhaut.* Daher jetzt hier eine kurze Penis-Landkarte, die dir das ganze Buch über hilft:

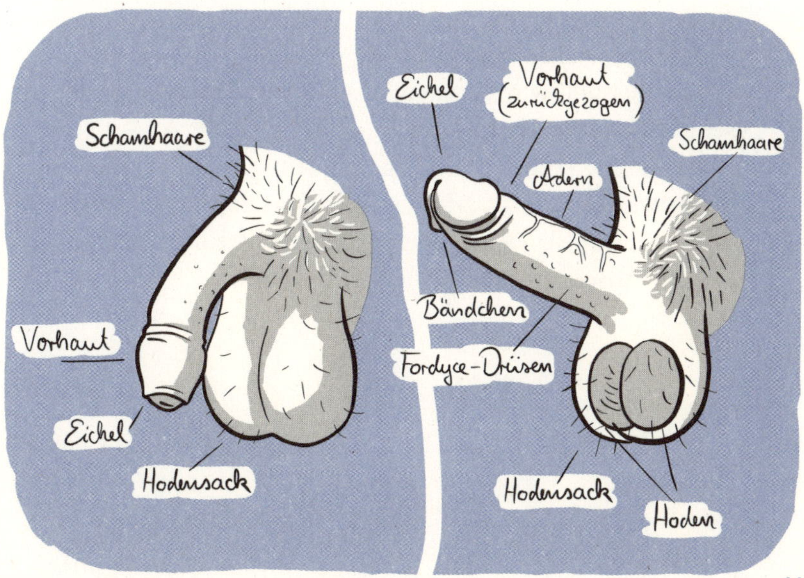

WAS SOLL DAS MIT DIESER PUBERTÄT EIGENTLICH?!

Es ist ja kein großes Geheimnis: Die Pubertät ist die Zeit, in der Kinder zu Jugendlichen werden, und im zweiten Schritt dann von Jugendlichen zu Erwachsenen. Oma ist ja nicht als *Oma* auf die Welt gekommen, und selbst deine Eltern waren mal jung; auch wenn das gerade schwer zu glauben ist. *Alle* mussten diese Zeit durchmachen. *Alle* waren mal Babys, wurden Kinder, kamen in die Pubertät und waren dann irgendwann erwachsen. Ich selbst hatte vor wenigen Jahren auch noch keine grauen Haare. Fuck.

In den ersten Lebensjahren lernst du, wie alles grundsätzlich an und in deinem Körper funktioniert. Trinken, kauen, kacken. Krabbeln, stehen, laufen. Schreien, sprechen, verständlich sprechen. Schmeckt Sand? Kann ich fliegen? Bin ich unverwundbar? Was ist gut, was ist schlecht? Was macht Spaß, was ist doof?

Hat sich dein Körper an diese Grundlagen gewöhnt und beherrscht er sie nahezu perfekt, wird es ihm dann nach zirka elf Jahren zu langweilig, und er strebt das nächste Level an. Das ist der Startschuss für die Pubertät. Feuer frei.

WAS PASSIERT WANN WIE WO?

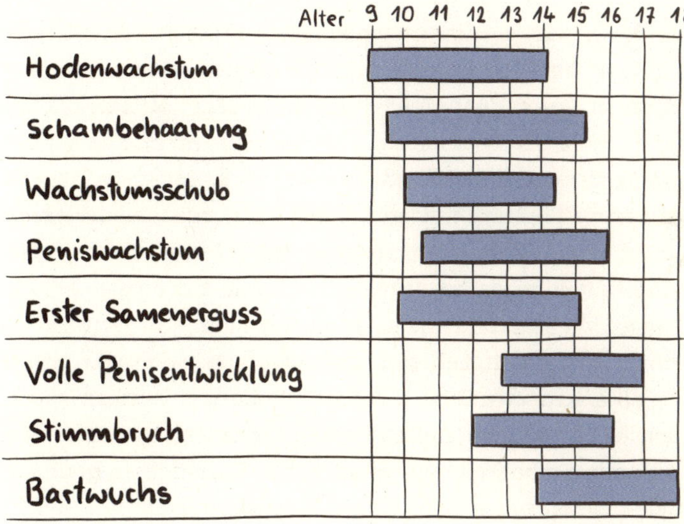

In der Pubertät verändert sich dein Körper von außen und von innen. Manche dieser Veränderungen können also auch andere Menschen an dir sehen, andere kannst nur du selbst spüren: Zum Beispiel verändern sich auch die Muskeln, die Organe, dein Gehirn und deine Psyche. Letzteres merkst du dann vielleicht durch Stimmungsschwankungen. Gerade biste noch gut drauf, in der nächsten Minute total mies gelaunt. Dann sagt irgendwer noch was Doofes zu dir, du könntest komplett ausrasten – und in der nächsten Sekunde lachste dich darüber kaputt. Oder aber du merkst die Veränderungen daran, dass es dir plötzlich wichtig ist, wie deine Haare aussehen. Oder du als Ganzes. Oder dass es dir auf einmal unangenehm ist, wenn dich andere nackt sehen. Oder dass du immer versuchst, möglichst cool zu sein und auf gar keinen Fall irgendwas Peinliches passieren darf. Auch das sind alles Anzeichen der Pubertät!

Bevor wir ans Eingemachte gehen, erinnere ich nochmal an den Satz von der ersten Seite: *Pubertät ist bei jedem Menschen anders!* Körper und Psyche entwickeln sich unterschiedlich schnell und in unterschiedlicher Reihenfolge. Stell dir vor, die Pubertät wäre ein Wettlauf quer durch die Stadt: Manche gehen zu Fuß und nutzen nur die Parkwege, andere fahren mit dem Rad quer durch, und ein paar Menschen nehmen den Bus, der einen kleinen Umweg fährt. Alle nutzen also andere Wege und unterschiedliche Transportmittel, um zum Ziel zu kommen. Aber: Irgendwann kommen sie alle dort an.

So ist es auch mit der Pubertät. Das Ende ist bei allen gleich, nur die Strecke und die Zeit, die man braucht, um sie zurückzulegen, sind bei allen Menschen verschieden. Egal, ob Junge oder Mädchen.

WICHTIG IST: Kein Mensch kann seine Pubertät einfach so beschleunigen, verzögern oder verändern. Es bleibt einem nichts anderes übrig, als abzuwarten, wie deine Gene und deine Hormone das alles geplant haben.

Hodenwachstum

Bei den meisten Jungs fängt die Pubertät damit an, dass die Hoden größer werden. Dieses Hodenwachstum beginnt bei vielen von euch sogar schon mit zirka neun Jahren!

Falls du jetzt gerade in der Hose nachguckst, ob deine Eier größer geworden sind: Das wirst du wohl nicht sehen, weil dieses Wachstum super langsam und über mehrere Jahre hinweg verläuft. Deine Hoden wachsen nämlich vom neunten bis zum 14. Lebensjahr! Das sind also zirka fünf Jahre, in denen die Hoden gaaanz langsam größer werden. Das kannste also nicht von einem Tag auf den anderen sehen.

Mehr zum Thema Hoden findest du ab **Seite 45.**

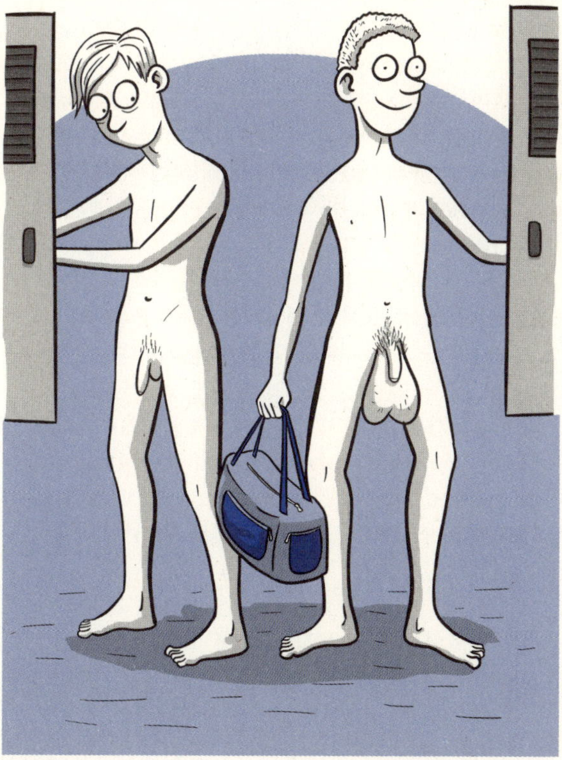

Körperhaare

Das Hodenwachstum wird meist dicht gefolgt von wachsenden Achsel-, Bein- und Schamhaaren. Achselhaare sind die Haare unter deinen Armen, und Schamhaare sind die Haare, die um deinen Penis und am Hodensack wachsen. Beinhaare sind dagegen überraschenderweise oft an den Beinen zu finden. 😁

Bei den meisten Jungs erscheinen diese Haare irgendwann zwischen dem neunten und 15. Lebensjahr. Bedeutet also, dass du schon mit neun Jahren ein paar Haare an den Beinen und um den Penis entdecken kannst, dein Sitznachbar aber vielleicht erst mit vierzehn Jahren anfängt, Schamhaare zu bekommen. Alles ist möglich, bei jedem wächst es unterschiedlich schnell und unterschiedlich kräftig.

Einige von euch sind ja bestimmt total scharf auf einen Bart. Der Bartwuchs ist nur «leider» so ziemlich das Letzte, was auf der To-do-Liste deines Pubertätsprogramms steht. Bei vielen Jungs geht das so mit ungefähr fünfzehn Jahren los. Einige Jungs, vielleicht die, die eine eher dunkle Haut- und Haarfarbe haben, können auch schon früher einen sichtbaren Flaum über der Oberlippe haben. Bei hellen Haut- und Haartypen kann es hingegen sein, dass sie so gut wie gar keinen Bart entwickeln – oder aber erst sehr spät; zum Beispiel mit Mitte 20.

Gleiches gilt für die Brustbehaarung. Auch die kommt gern später. Wenn sie denn überhaupt richtig kommt: Manche haben eine dichten Pelz, andere nur ein paar vereinzelte Haare auf der Brust. Auch hier gilt wieder: bei dem einen *so*, bei dem anderen *so*.

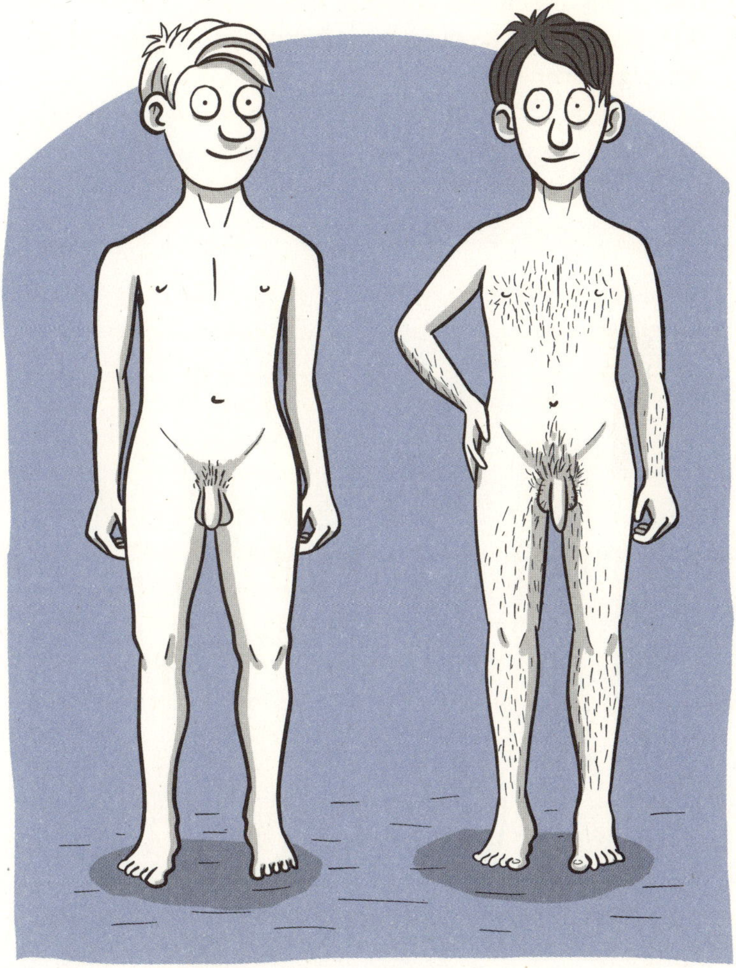

Wachstumsschub

Die meisten Jungs werden irgendwann zwischen dem zehnten und 15. Lebensjahr erheblich größer. In dieser Zeit entscheidet sich der Körper dazu, schneller zu wachsen als all die Jahre zuvor.

Einige Jungs nutzen dafür die ganzen ungefähr fünf Jahre aus. Das bedeutet, sie wachsen langsam. Sie lassen sich halt Zeit. Andere Jungs wachsen dagegen in kurzer Zeit extrem schnell. Wenn du also noch viel kleiner sein solltest als alle anderen aus deiner Klasse: Keine Sorge, dein großer Schub kommt noch! Es sei denn natürlich, deine Eltern sind auch eher klein. Dann ist die Wahrscheinlichkeit, dass du Basketballspielergröße bekommst, nicht sehr hoch.

Manchmal schmerzt dir vielleicht der Körper – gern die Beine –, obwohl du dich überhaupt nicht gestoßen oder viel Sport gemacht hast. Das ist dann oft ein Zeichen, dass dein Körper gerade wächst: Jeder Knochen, jede Sehne, jeder Muskel wird in die Länge gezogen.

Das passiert alles nicht von einem Tag auf den anderen, aber nach einem Jahr ist man plötzlich fünfzehn Zentimeter länger ... – nein, nicht der Dödel! Der ganze Körper! 🙈

Peniswachstum

Es wäre natürlich albern, wenn der ganze Körper wächst und du schon riesige Eier hast, aber dein Penis noch so klein ist, dass er in der frischen Schambehaarung nur mit der Lupe zu finden ist. Deswegen hat die Natur dafür gesorgt, dass nahezu zeitgleich zum Körperwachstum auch der Dödel wächst. Heißt, bei den meisten Jungs wird der Penis zwischen dem zehnten und 17. Lebensjahr länger.

Auch hier sei nochmal ganz, ganz deutlich gesagt: *Das passiert bei jedem Jungen in einem anderen Tempo und in einem anderen Alter!*

Manchen Jungs wächst die Nudel über viele Jahre hinweg

jeden Tag ein ganz, ganz, ganz, ganz, ganz kleines Stück. Bei anderen Jungs passiert erst mal lange Zeit überhaupt nichts und innerhalb weniger Monate plötzlich, bäm!: Anakonda in der Hose.

Der Penis entwickelt sich anschließend aber immer noch hier und da ein bisschen weiter, und daher kann man sagen, dass die *volle Penisentwicklung* ungefähr zwischen 17 und 19 abgeschlossen ist. Falls du also Angst hast, weil du «noch immer» ein eher übersichtliches Gemächt hast, kannst du dich nun beruhigen. Da kommen noch einige Jahre, in denen dein Penis zeigen kann, was in ihm steckt.

Mehr zum Thema Penis, optimale Länge etc. findest du ab **Seite 35.**

Der erste Samenerguss

Egal, ob der erste Samenerguss überraschend während des Schlafens passiert (nennt sich «feuchter Traum», erkläre ich gleich) oder beim Wichsen: Den ersten Samenerguss erlebt jeder Junge irgendwann.

So, wie jedes Mädchen irgendwann ihre Regelblutung bekommt, bekommt jeder Junge irgendwann einen Samenerguss. Und alle so: «Yeah!» Ab diesem Zeitpunkt solltest du beim Wichsen also immer was zum Abwischen parat haben.

Den ersten Samenerguss haben die meisten Jungs zwischen dem zehnten und dem 15. Lebensjahr. Es kann also sein, dass ein 10-Jähriger schon Sperma entwickelt und ein 14-Jähriger noch immer auf seinen ersten Samenerguss wartet. Auch hier sei wieder gesagt: Niemand kann das beschleunigen oder steuern. Das macht der Körper von ganz allein!

Bei manchen passiert es wie gesagt mitten im Schlaf: In der Nacht haben wir Männer ja sowieso gerne mal ’nen harten Harten (höhö), und wenn dann noch der richtige Traum dazukommt, kann es passieren, dass man während des Schlafs einen Orgasmus mit Samenerguss hat. Dagegen kann man nichts machen, ist aber auch nicht schlimm. Ist vielleicht am nächsten Morgen etwas eklig, aber nun ja, ist halt so.

GANZ WICHTIG: Egal wie jung oder klein du bist, sobald eine Flüssigkeit aus deinem Penis kommt, die nicht Urin ist, bist du zeugungsfähig! Bedeutet: Egal, wie diese Flüssigkeit aussieht (durchsichtig / weiß / flüssig / schleimig), *wenn diese Flüssigkeit in die Scheide einer Frau gelangt, kann daraus ein Kind entstehen!* Ja, so funktioniert das mit’m Sex. Ja, auch bei dir! Als Schutz vor Schwangerschaften gibt es zum Beispiel Kondome. Schau mal auf **Seite 144.**

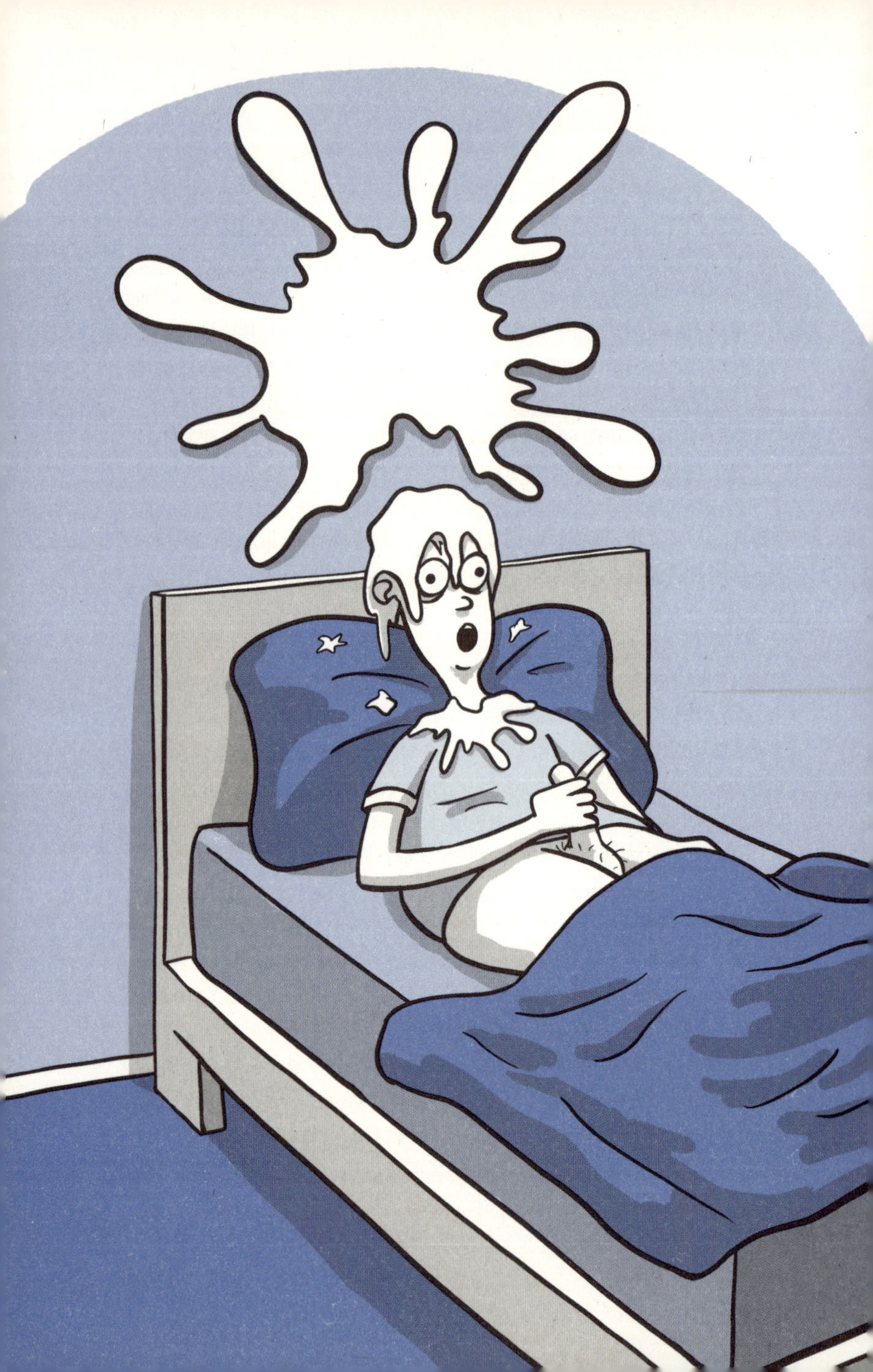

Stimmbruch

Zwischen dem 12. und 16. Lebensjahr haben die meisten Jungs den Stimmbruch. In dieser Zeit wird dein Kehlkopf größer und deine Stimmlippen werden länger und dicker. Dadurch wird deine Stimme tiefer und markanter. Ist wie bei einer Gitarre: Sind die Saiten länger bzw. dicker, klingt der Ton tiefer.

Manche Jungs stecken den Stimmbruch ohne weiteres weg, wie auf einer glatten, geraden Rutsche: von hoch nach tief, in einem Durchgang, ohne Kurven. Innerhalb weniger Wochen wird die Stimme ganz geschmeidig tiefer.

Andere Jungs durchleben das pure Chaos. Wenn wir uns also wieder das Bild mit der Rutsche vorstellen, ist die Stimmentwicklung bei diesen Jungs keine einfach gerade Rutsche, sondern eher eine mit vielen Kurven und kleinen Sprungschanzen zwischendrin – ... oder sie nehmen gar nicht erst die Rutsche, sondern fallen mit viel Gepolter rücklings das komplette Klettergerüst runter. Ein ewiges Auf und Ab. Mal ist die Stimme hoch, mal tief. Im ersten Satz klingt man noch männlich, im zweiten Satz wieder wie ein kleiner Junge, und der dritte Satz ist gar nicht mehr zu verstehen, weil der Hals sich einfach weigert, zu funktionieren. Ein Gejodel hier, ein Gekrächze dort. Blanker Horror.

In diesem Fall muss man tatsächlich wieder lernen, mit dem «neuen Hals» umzugehen, so, wie man auch üben muss, wenn man eine neues Instrument spielen will. Aber keine Sorge, das gehört dazu, und es hat jeeeder geschafft.

Egal, wie sich deine Stimme entwickelt und anhört, **lass dich nicht ärgern** oder entmutigen! Immer weiter sprechen und mit einem guten Spruch kontern! Denn wer nicht spricht, kann nicht lernen, die neue Stimme zu beherrschen ... – und so wird das «Problem» nicht besser!

Pickel im Gesicht

Scheiße ja. Gehört leider dazu. Auch dafür gibt es keinen Start- oder Endtermin: Du kannst von Anfang an Pickel haben oder erst am Ende der Pubertät. Völlig unterschiedlich. In der Pubertät sind all deine Körperdrüsen in Hochbetrieb; auch die Talgdrüsen der Haut **(siehe Seite 144)**. Somit wird dein Gesicht fettiger, deine Poren verstopfen und es bilden sich Pickel. Machste nichts. Es gibt ein paar Dinge, die du trotzdem tun kannst. Schau mal auf **Seite 78.**

Psychohorror

Die äußerlichen Veränderungen sind allerdings nur die eine Seite der Medaille. Innerlich passiert auch einiges – vor allem im Kopf. Deine Emotionen, sprich deine Gefühle, spielen total verrückt. Kaum sagen deine Eltern ein falsches Wort, bringt dich das total auf die Palme. Plötzlich biste total beleidigt und kannst selbst gar nicht so richtig erklären, warum es so ist. Deine Eltern noch viel weniger. Die werden dann erst recht sauer, und am Ende schreien sich alle total dämlich an. Du denkst, dass dich keiner versteht, erst recht nicht die Erwachsenen. Die haben so was von keine Ahnung! Kleine Anmerkung an dieser Stelle: Auch die waren mal in der Pubertät. Kann man sich nicht vorstellen, is' aber so. Vielleicht kannste deine Eltern ja mal dran erinnern, wenn ihr wieder mal Stress habt miteinander ...

Kann auch sein, dass du morgens aufwachst, nur heulen könntest und total down bist, obwohl niiichts vorgefallen ist. Paar Stunden später springste wie das blühende Leben durch die Gegend, findest alles nur noch geil und super lustig, und wieder ein paar Stunden später reicht ein Bild, eine Message, eine Story, und man erwischt sich dabei, wie man die ganze Schule anzündet. Wem ist das schließlich noch nicht passiert?! (Nur zur Sicherheit: Das war ein Scherz!)

Auch dieser ganze Psychokram ist für die Pubertät total normal. Dein Gehirn baut sich um, die Hormone stellen sich neu ein, man muss mit den neuen Körperfeatures erst mal klarkommen. Der Trick ist aber, seine eigenen Emotionen zu steuern. In der Pubertät zu sein, ist also keine ewige Ausrede für asoziales Verhalten. Du musst versuchen, mit dir selbst klarzukommen und deine Gefühle in sozialverträgliche Bahnen zu lenken. Ist nicht leicht, kriegste aber hin.

Bei dir passiert gar nichts?

Hehe, nee, nee. Aber falls du Angst hast, weil deine Pubertät viel zu spät kommt, oder du Schiss hast, dass sie ganz ausgefallen sein könnte, dann erinnere ich nochmals daran, dass jede Pubertät ihr ganz eigenes Tempo und ihre ganz eigene Reihenfolge hat!

Einige Jungs sind sogenannte Spätzünder. Bei diesen Jungs passiert körperlich viele, viele Jahre «nichts». Während die anderen Jungs in der Klasse schon über Schamhaare oder ihre (natürlich unfassbar riesigen) Pimmel sprechen, sitzen die Spätzünder daneben und fragen sich, was mit ihrem eigenen dämlichen Körper eigentlich los ist. Aber plötzlich, wenn schon sämtliche Hoffnung verloren scheint, ziehen diese «Spätzünder» dann das ganze Programm in Hochgeschwindigkeit durch. Komplette Pubertät in Rekordzeit. Plötzlich sind die Kleinsten dann die Größten, und man erkennt diese Personen nicht mehr wieder.

Mit anderen Worten also: Geduld und durchhalten! *Jeder Mensch kommt in die Pubertät, und aus jedem Kind ist ein Erwachsener geworden!*

Die Pubertät kommt echt nicht?!

Ein gänzliches «Ausbleiben» der Pubertät ist zwar möglich, passiert aber nur in ganz, ganz wenigen Fällen! Obwohl, nee. *Wenig* ist da noch übertrieben! Es passiert in *super, super, super, super seltenen* Ausnahmen. Bei Menschen «ohne Pubertät» ist durch schwere Krankheiten oder andere körperliche Besonderheiten der Hormonhaushalt gestört. Aber selbst das bekommt man wunderbar in den Griff, allerdings muss man dafür zum Arzt gehen. Lieber früher als «zu spät». Ein Profi (also ein*e Facharzt*ärztin) sollte sich deine Entwicklung mal angucken, wenn deine Pubertät zwar angefangen hat, aber laaaange Zeit stillsteht. Als Beispiel: Du hast zwar schon einige Haare unter den Armen, aber noch keinerlei Haare um den Penis. Oder du hast seit einigen Jahren schon Schamhaare, hast aber sonst noch einen sehr kindlichen Körperbau. Wenn also über viele Jahre (!) hinweg nichts passiert oder nur extrem wenig, dann lass das ruhig mal von einem Profi abklären. Diese Profis heißen «Endokrinologen». Dein bisheriger Kinder- / Jugendarzt kann da aber auch ein Lied von singen.

Definitiv zum Arzt sollte man jedoch, wenn selbst am 16. Geburtstag noch keinerlei oder super wenige Pubertätsmerkmale festzustellen sind. Bedeutet: Du bist schon 16, siehst aber noch immer aus wie ein Sechstklässler.

Was könnten Gründe für eine langsame Pubertät sein?

- **Starkes Übergewicht:** Zu viele Kilos können die Pubertät (deutlich) verlangsamen, denn Fettzellen schütten *Östrogen* aus. Östrogen ist ein weibliches Hormon. Dieses Hormon ist in einem Frauenkörper extrem gut, in einem Jungenkörper führt zu viel davon hingegen dazu, dass die Pubertät gehemmt wird. Östrogen sorgt bei Mädchen dafür, dass sie sich zu Frauen entwickeln. Sprich, die Gebärmutter und die Scheide entwickeln sich, und natürlich wachsen auch die Hupen, meep meep. Aber halt! Das heißt nicht, dass Jungs, die viel Östrogen haben, eine Scheide bekommen, nein, die behalten schon ihren Penis, aaaaaber es kann eben dazu führen, dass der Penis eher klein bleibt, sich eventuell Brüste bilden oder eben die Pubertät sehr verlangsamt wird.
- **Organerkrankungen:** In ganz seltenen Fällen sind Erkrankungen deiner inneren Organe eine Ursache, dies wird aber meist schon im Kindesalter festgestellt und direkt behandelt. Daher ist *das* also seeehr unwahrscheinlich.
- **Zu viel Stress:** Wenn Jungs unter sehr großem Stress stehen, kann auch das die Pubertät verzögern. Zum Beispiel durch die Trennung der Eltern, starkes Mobbing in der Schule oder sehr große Ängste. Eine oder zwei Wochen viele Hausaufgaben zu haben und zusätzlich den Müll rausbringen zu müssen, ist *kein* großer Stress. 😉
- **Zu viel Sport:** Ja, auch das kann sein. Wir reden hier aber nicht von ein- oder zweimal die Woche Fußballspielen, Schwimmunterricht oder Joggen. Mit *zu viel* Sport ist Leistungssport gemeint, also *jeden Tag* mehrere Stunden professionell zu trainieren. Da kommt zusätzlich dann auch der Punkt *zu viel Stress* dazu.

- **Das Wahrscheinlichste: Deine Eltern sind schuld!** Ha! Soll heißen, dass vielleicht auch deine Eltern in ihrer Kindheit spätpubertierend waren. Da du ja je zur Hälfte die Gene von Mama und Papa in dir trägst, haste also auch vielleicht deren späte Pubertät mitgeerbt. Das haben deine Eltern nicht extra gemacht. Dafür kann niemand was, und deswegen darf man auch auf niemanden sauer sein!

Also noch mal in aller Deutlichkeit: Hab bitte einfach Geduld! Wenn du Zweifel hast, dann frag doch einfach mal Papa, wann seine Pubertät damals begonnen hat. Ja, voll cringe, klar, aber bevor du dich vor Unsicherheit verrückt machst, ist das wohl die einfachste und schnellste Lösung, oder? Wenn Papa dann sagt, dass er auch spät dran war, kannst du beruhigt sein. Und falls nicht, dann hast du direkt ein Argument, mal einen Arztbesuch vorzuschlagen.

BEN ERZÄHLT AUS SEINEM LEBEN

Pubertät war bei mir relativ früh am Start. Jedenfalls im Vergleich zu meinen Mitschüler*innen. Liegt aber auch daran, dass ich ein Jahr später eingeschult wurde als alle anderen. Wegen meines kleinen Gehirns, haha. Nee, ich hatte aus gesundheitlichen Gründen ein Jahr aussetzen müssen – lange Geschichte. Jedenfalls war ich also eh schon ein Jahr älter als alle anderen und zusätzlich körperlich sowieso ziemlich gut dabei. Daher brauchte ich mir um meine körperliche Entwicklung eigentlich keine Gedanken zu machen. Auf dem ersten Gruppenfoto des Gymnasiums sehe ich schon aus, als wäre ich drei Mal sitzengeblieben. Körperliche Entwicklung war also nie ein Thema bei mir. Worauf ich aber so gar nicht stolz bin, ist mein Verhalten, mein Benehmen in dieser Zeit ab und zu. Einerseits in Bezug auf meine Eltern, andererseits, wie ich mich in der Oberstufe dann gegeben habe. Ich fühlte mich unsterblich, ungeheuer wichtig und allwissend, weil ich Hauptrollen im Jugendmusical hatte und schon in den 90ern «Filme» produzierte. Streckenweise war ich echt ein Kotzbrocken. Auch äußerlich, haha. Fotos aus der Zeit wurden alle vernichtet.

Was ich damit unterm Strich sagen will: Lernt, mit anderen Menschen klarzukommen und euch selbst zurückzunehmen. *Miteinander* ist wichtiger als *gegeneinander*. Manche Leute lernen das leider nicht wirklich oder viel zu spät. Und: Entschuldigung, Mama und Papa, für die vielen blöden Sprüche, furchtbaren Zeitabschnitte und dumme Aktionen.

DER X-PLAN (EXITPLAN)

Ich habs ja eine Seite vorher schon gestanden: Ich habe durchaus die eine oder andere dumme Aktion gemacht in der Pubertät. So ein bisschen gehört das fast dazu in dieser Zeit, in der alles so durcheinander ist. Man baut Scheiße. Weil man cool sein will, weil man sich und/oder den Freunden etwas beweisen will – alles keine guten Gründe, übrigens – und manchmal weiß man selbst nicht, wie man in dieses Schlamassel reingeraten ist. Man weiß nur eins: Man will da weg. Und das möglichst schnell. Ohne sein Gesicht zu verlieren oder allzu große Aufmerksamkeit zu erregen. Dann greift der X-Plan.

Der X-Plan ist dein absoluter Notfallplan! Er gilt dann, wenn du dich in eine Situation gebracht hast, aus der du fliehen willst, es aber nicht einfach so kannst.

Stellen wir uns vor, du bist mit deinen Freunden unterwegs. Irgendwer kommt auf die erste blöde Idee, darauf folgt eine weitere blöde Idee, man übertreibt, und hat direkt noch 'ne blödere Idee. Irgendwann erwischt man sich selbst, wie man plötzlich in der Nachbarstadt in einer Bar steht, bei fremden Leuten um einen Berg Drogen sitzt, man eine dämliche Mutprobe machen soll oder auf einer Party ist, die völlig aus dem Ruder läuft und von der man nur noch flüchten will.

Mit anderen Worten: Du bist in einer Situation, von der du weißt, dass alles falsch läuft, und willst einfach nur weg, kannst es aber nicht, weil du dann als der totale Verlierer dastehst oder weil die Person, die gefahren ist, total breit auf'm Boden liegt und kein Bus mehr fährt. Dann nimmst du dein Handy und schickst in den Familienchat einfach nur ein «X». Mehr nicht. Nur ein «X», und dann steckst du das Handy wieder ein. Das geht schnell und deine Freunde glauben, du hättest nur auf die Uhr geguckt oder gerade Insta gecheckt.

Die erste erwachsene Person aus deiner Familie, die das X sieht, ruft dich *sofort* an und sagt quasi die folgenden Dinge: «Hallo {Name}, wir müssen jetzt dringend zu {Ort} fahren. Sag mal, wo du bist, und stell dich dann sofort an die Straße, ich bin gleich da!» Du kannst jetzt so tun, als ob du wahnsinnig von dem Anruf genervt bist, sagst aber die Adresse oder schickst deinen Live-Standort. So glauben deine «Freunde», dass nicht du der Schisser bist, sondern du ja wegen deiner «nervigen» Eltern nicht mehr dableiben kannst. Du verabschiedest dich in der Runde und gehst dorthin, wo man dich gut sieht und einsammeln kann.

Wow ... mega Plan ... Jaja, so weit nichts Besonderes. Ick weeß. Gleich kommt aber der große Deal des X-Plans. Dieser Plan ist – wie gesagt – wirklich nur für Notfallsituationen. Situationen, aus denen du allein nicht mehr herauskommst. In denen du gelandet bist, weil du dich auf falsche Leute oder Vorschläge eingelassen hat. So was ist in der Pubertät, wie gesagt, völlig normal. Alles ist spannend. Plötzlich sind ältere, coolere oder auch stärkere Leute da. Man macht einfach irgendeinen Scheiß mit. Man kennt seine Grenzen nicht, findet alles lustig, wird genötigt, angefeuert, und irgendwann merkt man, dass man mega in der Scheiße sitzt und das so alles eigentlich gar nicht wollte.

Der große Deal ist nun, dass die Person, die dich abholt, **KEINE FRAGEN** stellt! Du wirst einfach nur abgeholt! Egal, ob es vom anderen Ende der Stadt ist, vielleicht sogar aus der

Nachbarstadt oder von Leuten, die vorher noch nie Thema waren. Du steigst ins Auto und hast keine Fragen zu befürchten. Stattdessen überlegt sich die Person, die dich abholt, am besten vorher noch ’ne kleine Geschichte oder erzählt, was es zu essen gibt. Dann ist der Rückweg nicht so creepy.

Für Eltern ist das die Hölle, weil die natürlich wissen wollen, was passiert ist und ob du in Ordnung bist. Aber Fragen sind tabu! Der Deal mit deinen Eltern lautet (das müsst ihr natürlich vorher besprechen und setzt auf beiden Seiten echt Vertrauen voraus): Du erzählst von allein, wann und was du willst. Deine Eltern müssen begreifen, dass du selbst erkannt hast, welchen mega Mist du gebaut hast und dass du wirklich externe Hilfe brauchtest.

Aus diesem Ereignis können alle lernen. Du weißt, dass du den Bogen überspannt hast. Deine Eltern wissen, dass du doch noch rechtzeitig die Kurve bekommen hast und jetzt weißt, wo die Grenzen liegen.

Noch mal in aller Deutlichkeit: Das ist ein Notfallplan und *kein easy Lift nach Hause!* Mehr als ein oder zwei Mal kannst du ihn nicht einsetzen. Du bist immer für dich selbst verantwortlich und musst lernen, früh genug «nein» zu sagen! Nur du bist für dein Handeln verantwortlich! Du weißt ganz genau, was gut, schlecht, richtig und falsch ist. Also handle auch danach! Ich geb zu, in der Pubertät ist es nicht immer leicht, sich zwischen «das Richtige und Vernünftige tun» und «cool und mutig sein» zu entscheiden. Genau dann kommt der X-Plan ins Spiel.

WICHTIG IST: Wenn ich hier von *Notfall* spreche, meine ich damit eine Situation, in der niemand verletzt ist oder wirklich schlimme (kriminelle) Dinge passiert sind. Wenn jemand verletzt ist – vom Baum gefallen ist oder sich beim Skaten die Finger abgefahren hat oder sich krass geprügelt hat oder zu viel Drogen genommen hat oder die Küche beim gemeinsamen Kochen explodiert ist –, dann ist das natürlich in erster Linie ein Fall für den Notarzt! **Telefon: 112**. Von jedem Telefon/Handy kostenlos zu erreichen. Auch ohne PIN oder Face-ID. *Notruf geht immer!*

... mal zum Spaß anrufen? Untersteh dich! Das gibt völlig zu Recht 'ne dicke Anzeige und jeeede Menge Ärger!

Schreib hier für deine späteren Kinder auf, was deine bisher dämlichste Aktion war:

... voll lame! Kann ich toppen!

DER PENIS

Gehen wir ans Eingemachte: Jetzt kommt ein ganzes Kapitel nur über das männliche Glied. Den Schwanz. Den Lörres, die Nudel, den Pimmel, Penis, Gurke, Gemächt, Keule, Prügel. Oder auch: deine unfassbar riesige Hosen-Anakonda.

So. Erst mal das Niveau geklärt. Jungs, es geht jetzt unter die Gürtellinie … – aber das seid ihr ja von mir gewohnt.

DÖDEL!

Es gibt ja kaum ein Thema, das euch Jungs mehr beschäftigt als euer Dödel. Schon interessant, wie viele Fragen man zu so einem relativ kleinen Teil des Körpers haben kann. Habe ich *klein* gesagt? Bei euch natürlich groß. Klar.

Wie dem auch sei, ist ja auch wichtig, das Ding. Und über ein paar Dinge sollte man schon Bescheid wissen. Los geht's.

Wie lang muss ein Penis sein?

Die BuMS (deutsche Bundes-Universität für (be)Maßung und Sonstiges) hat eine Penislänge bestimmt, die jeder ab dem 12. Geburtstag haben muss. Im schlaffen Zustand sind es nur 15 cm, und im steifen Zustand gelten 23 cm als normal.

Nein! Quatsch! Solch eine Behörde gibt es nicht, und die Maße sind sowieso super unrealistisch.

Also 23 cm sind krass viel und weiiit über dem Durchschnitt! So einen langen Penis haben die aller-, aller-, aller-, aller- ... aller-, aller-, allerwenigsten Männer! Jeder behauptet zwar immer, dass die eigene Lendenlafette das größte Naturschauspiel der Welt sei, wenn man das Lümmelchen dann aber mal in echt sieht, wird schnell klar, dass der Besitzer maßlos übertrieben hat.

Klar, machen wir uns nichts vor: Es geht ein gewisser Reiz

von großen Penissen aus. Gerade in der Schulzeit ist man z. B. unter der Gemeinschaftsdusche mit 'nem großen Dödel der Held, und alle bewundern einen. Manche Menschen finden große Penisse vielleicht auch geiler als kleinere. Unterm Strich

- ist die Länge aber nicht zu verändern,
- ist sie für eine ernsthafte Beziehung unwichtig und
- kann ein riesiger Penis es sogar erschweren, eine Freundin zu finden! Denn ein sehr großer Penis kann für die Frau auch starke Schmerzen beim Sex bedeuten.

Man kann die Penisgröße mit anderen Körpereigenschaften vergleichen: Manche Menschen werden sehr groß. Das ist sehr imposant, und als kleiner Mensch sieht man dann vielleicht nur die Vorteile und wünscht sich, größer zu sein. Große Menschen müssen sich aber auch immer bücken, wenn sie durch Türen gehen wollen. Sie fallen immer und überall auf. Alle starren sie ständig an. Sie müssen sich im Flugzeug in den Sitz quetschen, auf die Rücksitzbank im Auto passen sie schon mal gar nicht, und Klamottenkauf ist auch nicht mehr so easy.

Die Körpergröße ist auch ein gutes Beispiel, um die Häufigkeit von Riesendödeln zu zeigen: Wie viele Menschen kennst du, die zwei Meter groß oder, umgekehrt, die kleinwüchsig sind? Wenn überhaupt, wahrscheinlich nur sehr wenige. So verhält es sich auch mit den Penisgrößen. Damit will ich sagen: Die meisten Männer liegen im Durchschnitt und fahren, ähm, vögeln damit auch am besten. Die Natur hat sich – wie immer – auch bei der Längenausstattung etwas gedacht.

Wie groß ist ein Durchschnitts-Penis?

Es gibt tatsächlich Unterschiede in der Durchschnittsgröße, je nachdem, aus welcher Gegend man kommt. Damit meine ich jetzt nicht Orte wie Köln, Berlin, Tittenkofen, Puffendorf, Spalt, Feucht oder Fickmühlen (... was denn?! Das sind alles *echte* Orte in Deutschland!). Ich spreche von größeren Regionen. Also Ländern, wenn nicht sogar Kontinenten.

In den Klassen höre ich immer, dass alle dunkelhäutigen Männer angeblich monströse Penisse haben. Das stimmt nicht ganz. Denn nur diejenigen Männer, deren Genpool aus dem Gebiet des afrikanischen Kongo stammt, haben große Penisse (Ausnahmen bestätigen die Regel). Die meisten anderen dunkelhäutigen Menschen reihen sich in den weltweiten Durchschnitt ein.

Durchschnitt bedeutet immer, dass die meisten Menschen ungefähr diesen Wert haben. Natürlich gibt es Ausnahmen nach oben und nach unten! Deswegen heißt es ja Durchschnitt. Ein Schnitt durch die Mitte aller Werte.

Die Penisgrößenverteilung sieht ungefähr so aus:

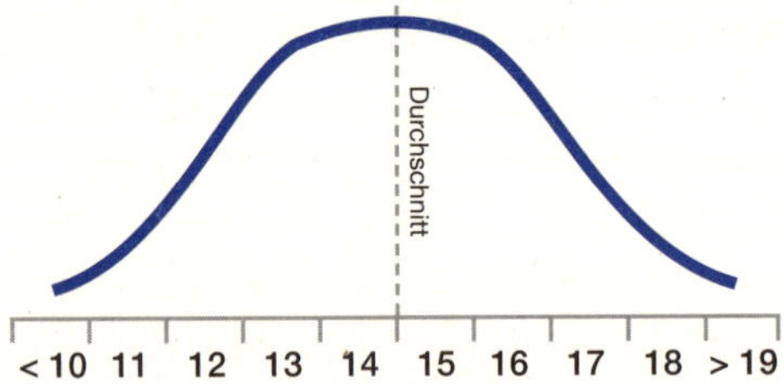

Bedeutet also, die meisten Männer haben eine Penislänge zwischen 13 und 16 cm. Alles darüber und alles darunter kommt seltener vor. Natürlich gibt es auch Jungs, die einen größeren (oder einen kleineren) Penis haben, aber eben sehr selten!

Weltweite Statistiken

14,0 cm	**weltweiter Durchschnitt**
17,9 cm	längster Durchschnitt in der Dem. Rep. Kongo
10,4 cm	kürzester Durchschnitt im asiatischen Raum
15,9 cm	Niederlande (längste in Europa)
14,5 cm	**Deutschland / Österreich / Schweiz**
12,7 cm	Rumänien (kürzeste in Europa)

Und wenn wir schon dabei sind, dann können wir uns auch angucken, wo es die **größten Brüste** gibt:

327 ml	weltweiter Durchschnitt (entspricht EU-Körbchengröße B)
1668 ml	größter Durchschnitt: USA (entspricht EU: >F)
620 ml	Deutschland (EU: D)
119 ml	kleinster Durchschnitt: asiatischer Raum (EU: <A)

Quelle: laenderdaten.info, welche auf 9 Studien und Umfragen basiert.

Jetzt flipp aber nicht aus, weil dein Penis kleiner ist als die 14,5 Zentimeter. Erstens bist du noch nicht ausgewachsen, und zweitens sind das *Durchschnittswerte*!

Männer definieren sich idiotischerweise gerne mal über ihre Penislänge. Dabei wäre es doch viel sinnvoller, sich über gute Taten, tolle Talente, seine eigene Musik etc. zu definieren, oder?

Mit diesem Wissen könnt ihr euch nun also ganz entspannt zurücklehnen und braucht keine Panik schieben, wenn in der Klasse plötzlich alle behaupten, sie hätten ein monströses Glied in der Hose. Denn die meisten lügen – oder haben sich schlichtweg vermessen. Im Zweifel: einfach zeigen lassen! 😂

Wie messe ich meinen Penis denn richtig aus?

«Ich messe doch nicht meinen Penis aus!» Kein Ding, musste auch nicht. Wirklich, alles gut! Kannst dann jetzt einfach zum nächsten Kapitel blättern.

Andererseits: Seine Penisgröße zu wissen, ist ganz clever für den Kauf von Kondomen. Die müssen passen, quasi wie ein Maßanzug für den Lörres sein. Wenn du mehr über Kondome wissen willst, guckste auf **Seite 144 ff.**

Na ja, und natürlich ist man ja schon neugierig, wo man denn so steht, mit seinem Teil. Hier also die Anleitung zum Messen:

1. Gemessen wird im steifen Zustand. Penisgrößen werden immer im steifen Zustand angegeben – es sei denn, es steht explizit «schlaff» dabei.
2. Das Lineal wird dort angelegt, wo der Penis aus deinem Körper kommt. Nicht das Lineal in den Bauch drücken oder sonst wie cheaten. Einfach ganz ehrlich dort anlegen, wo dein Penis aus dem Körper kommt. Nicht an der Seite, nicht an der Unterseite und nicht am Bauchnabel anfangen.
3. Falls dein Penis sehr gebogen ist, drück ihn so gerade wie möglich.
4. Der Wert, den du dann an deiner Eichelspitze ablesen kannst, ist deine Penis**länge**. Wenn du eine lange Vorhaut haben solltest, dann darfst du diese nicht mitmessen. Die *Eichelspitze* zählt!

Die Penis**breite** ist deutlich einfacher zu bestimmen:

1. Such die dickste Stelle am Penis. Das kann die Wurzel sein, das kann der Eichelkranz sein, das kann aber auch mittendrin sein.
2. Auf diese dickste Stelle das Lineal klatschen und dann von links nach rechts messen. Luftlinie! Also quer durch. In Mathe sagt man *Durchmesser* dazu. Nicht das Lineal drum herum biegen oder rollen. Das Lineal bleibt gerade. Dann guckste mit einem Auge, von wo bis wo der Penis geht.
3. Alternative: Miss den Umfang! Dafür nimmste dir ein Band (z. B. Schnürsenkel), wickelst dies um die dickste Stelle und merkst dir, an welchem Punkt sich das Band dann überschneidet. Die Länge vom Bandanfang bis zum Überschneidungspunkt ist dann dein Umfang. Den Umfang musste aber zum Angeben wieder in Durchmesser umrechnen. 😉 Frag am besten deine Mathelehrerin, wie du *Schwanzumfang* in *Penisdurchmesser* umrechnest. Da hat sie bestimmt richtig Bock drauf, haha.
4. Aufgeschrieben wird so was dann immer wie eine Rechnung (es ist aber keine). Heißt also konkret: Penislänge × Penisbreite (z. B. 12,3 × 3,1).

Bei der Penisgröße zu lügen, ist gleich auf zwei Arten völlig dämlich. Einerseits macht ihr euch selbst was vor und redet euch bei jedem Mal mehr ein, dass er «zu klein» ist; was ja nicht stimmt. Andererseits ist nichts peinlicher als der Moment, in dem eine Lüge entlarvt wird – zum Beispiel in der Umkleide oder letztlich beim Sex. Einen kleineren Penis als alle anderen zu haben ist nicht peinlich, aber zu behaupten, man habe ein Mordsteil, und dann aufzufliegen, ist mega peinlich.

Nebenbei bemerkt: Niemand ist verpflichtet, seine Penislänge irgendwem zu sagen. Wenn du es nicht möchtest, behaupte einfach, du hättest noch nie gemessen, weil er dir absolut ausreicht und du ihn ja eh nicht ändern könntest.

Wie kann ich meinen Penis verlängern?

GAR NICHT!
ERNSTHAFT!

Alle Pillen, Salben, Drinks oder Massagetechniken, die man im Internet oder Sexshops angeboten bekommt, sind Abzocke! Damit wird ein Haufen Kohle gemacht, es bringt aber nichts!

Oder formulieren wir es vielleicht etwas vorsichtiger: Wenn/Falls es tatsächlich funktionieren soooollte, dann sprechen wir von wenigen Millimetern! Kein Mittelchen kann deinen Penis um mehrere Zentimeter wachsen lassen! Wenn überhaupt, sind es wenige Millimeter. Da muss man dann selbst wissen, ob das einem das viele Geld wert ist – ich für meinen Teil würde sagen: nein!

Das Einzige, was tatsächlich einen Penis länger werden lässt, ist eine Operation im Krankenhaus. Aber auch dann wird aus einem 10-cm-Penis nicht plötzlich ein 21 cm langer Destroyer. Diese Operationen können den Penis vielleicht um etwa 3 cm verlängern. Plus/minus. Das Ganze kostet natürlich auch richtig Asche. Da es keine notwendige OP ist, sondern quasi eine Schönheits-OP, muss man sie selbst bezahlen. Dafür kommt keine Krankenkasse auf. Außerdem ist so ein Eingriff mit Risiken verbunden: Wenn etwas schiefgeht, funktioniert der Penis möglicherweise gar nicht mehr, oder man spürt nichts mehr oder viel weniger. Auch hier muss man überlegen, ob es einem das wert ist. Soll ich noch mal meinen Senf dazugeben? → Nein. Es sei denn …

Gibt es einen «zu kleinen» Penis?

… du hast einen *Mikropenis.* Als Mikropenis gilt jeder *erwachsene* Penis, der im *steifen* Zustand *kürzer* als ca. 7 cm ist. Denn dann geht man davon aus, dass mit diesem Penis kein fortpflanzungsfähiger Sex möglich ist, und so versucht man durch Operationen, den Penis länger zu bekommen. Diese Mikropenis-Operationen werden dann auch von der Krankenkasse übernommen. (Nur noch mal zur Sicherheit: Einen Mikropenis zu haben ist seeeeeeeeeeeehr selten!)

Sind weiße Pickel am Penis normal?

Eine der beliebtesten Fragen auf meinem Kanal. Euch allen fallen diese Pickel früher oder später auf. Diese Pickel sehen aus wie die Haut eines gerupften Hühnchens. Wenn ihr also mal im Supermarkt ein abgepacktes Huhn anguckt, dann seht ihr auf der Haut auch so viele kleine Pickel. So ähnlich sehen die Pickelchen aus, von denen ich hier gerade spreche.

Jeder Mensch (also auch Frauen) hat diese weißen Pickel an den Genitalien. Männer am Penis und Frauen an der Scheide. Es gibt sogar Leute, die diese Pickelchen auf den Augenlidern haben … oder auf den Lippen am Mund. Ich zum Beispiel, hehe.

Diese Pickelchen sind absolut normal, harmlos und nicht

ansteckend. Man braucht sich da also keine Gedanken zu machen oder Angst vor zu haben. Die müssen auch nicht irgendwie behandelt werden. Man braucht sich auch nicht über irgendwen lustig zu machen, weil er/sie diese Pickelchen hat! Denn, wie gesagt, die hat *jeder* Mensch.

Der Profi sagt zu den Dingern *Fordyce-Flecken* oder *Fordyce-Drüsen*. Auf Deutsch könnte man wohl am ehesten *freie Talgdrüsen* sagen. Warum *freie* Talgdrüsen? Weil sie in keiner Verbindung zu einem Haar stehen. Talgdrüsen sind gern an Haarwurzeln zu finden, diese Talgdrüsen am Penis sind aber – zum Glück – ohne Haare existent. Stell dir mal vor, aus jedem dieser kleinen Pickelchen würde ein Haar wachsen. Wie sähe das denn aus?! 😉

Bei manchen Jungs sind die Pickel etwas stärker sichtbar und bei anderen schwächer. Beides hat überhaupt nichts zu sagen, es kann sich sogar von Jahr zu Jahr verändern. Heißt, wenn dein bester Freund kaum sichtbare Pickelchen am Penis hat und bei dir die Pickel extrem stark sind, kann es sein, dass es nächstes Jahr andersrum ist. Diese freien Talgdrüsen reagieren auch darauf, was du isst, welche Unterwäsche du trägst, wie sehr du schwitzt, in welcher Phase der Pubertät du bist oder wie oft du dich wäschst.

Man kann also mit ein wenig lockerer Unterwäsche (so dass euer Penis nicht ganz so schwitzt) und gesunder Ernährung schon etwas die Intensität steuern, *aber* erwartet keine großen Wunder. Im Grunde entscheiden eure Gene, wie es untenrum aussieht. Frischluft und gute Ernährung schaden ja aber nie.

Meine Hoden sind unterschiedlich groß!

Oha. Dann geht es dir so wie wahrscheinlich jedem Jungen in der Pubertät. Auch wenn sich dieser Unterschied im erwachsenen Alter meistens reguliert und die Größe sich angleicht, kann es durchaus sein, dass die Hoden in der Pubertät unterschiedlich groß sind.

Also, wir sprechen hier von kleinen Unterschieden. Wenn der eine Hoden so groß ist wie eine Walnuss und der andere Hoden wie eine Haselnuss oder Erbse, dann sollte man das untersuchen lassen! Frag vorher mal Mama und Papa, denn oftmals wissen die das schon. In seltenen Fällen kann es nämlich sein, dass sich ein Hoden im Babyalter nicht richtig entwickelt und dann verkümmert. Wenn du also einen wirklich starken Unterschied siehst oder ertastest, ab zu Mama oder Papa (ja, muss sein) und gegebenenfalls zum el Arzto.

Meine Hoden hängen unterschiedlich hoch!

Und alle so: «JA! BEI MIR AUCH!» Keine große Sache, das muss so sein. Denn durch die unterschiedlichen Höhen schlagen unsere riesigen Monsterglocken beim Laufen nicht gegeneinander, sondern erfreuen sich eines gemeinsamen, schmerzfreien Daseins.

In meinem Sack fühlt es sich komisch an!

In deinem Sack sind ja auch nicht nur deine beiden Eier. Da sind ja auch Hautfalten, Samenleiter, Adern, feine Muskeln (nein, die kann man im Fitnessstudio nicht trainieren. Jedenfalls sähe das extrem komisch aus) und auch die sogenannten *Nebenhoden.*

Nebenhoden sind eine weiche Masse, die an einer Seite deines jeweiligen Eis (also Ei-s, nicht Speiseeis, wie Vanille oder Schoko) klebt. In den Nebenhoden werden die Spermien gelagert, bis du den nächsten Samenerguss hast.

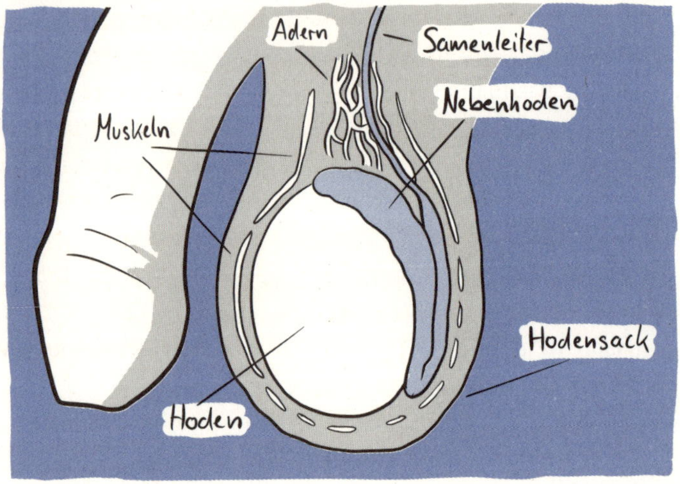

Wenn du also komische Dinge in deinem Skrotum (vornehmes Wort für *Hodensack*) ertastest, dann ist das vollkommen normal. Da ist ja auch einiges drin los, wie wir jetzt gelernt haben.

Was allerdings nicht so geil wäre, ist eine harte Stelle, die ungefähr die Größe einer Erbse hat. Denn dann wäre die nächste Frage wohl:

Habe ich Hodenkrebs?

Es ist erstaunlich, wie viele von euch sich darüber Gedanken machen und mich mit dieser Angst anschreiben. Hodenkrebs ist aber echt selten! Nicht jede Veränderung oder Erhärtung am Hoden ist direkt Krebs. Aber gut. Mal angenommen, ihr habt eine harte Stelle am Hoden entdeckt: was nun?

Wie gerade gesagt, muss eine harte Stelle nicht gleich irgendwas Schlimmes bedeuten. Gerade wenn man in der Pubertät ist, in der sich der Körper eh stetig verändert. Wenn diese Verhärtung allerdings so groß wie eine Erbse ist oder ihr eine deutliche Schwellung oder Schmerzen im Genitalbereich habt, dazu vielleicht noch ein Ziehen im Hoden oder in der Leiste oder gar ein Anschwellen oder Schmerz in einer eurer Brustdrüsen habt (ja, auch wenn es um Hodenkrebs geht), dann ist es Zeit, dies mal einem Arzt zu zeigen. Wenn man nur eines der gerade genannten Symptome hat, ist dies normalerweise auf die Pubertät zurückzuführen. «Nicht direkt an Zebras denken, wenn man Pferdegetrampel hört!»

Ratsam ist es aber immer, die Hoden ab und zu abzutasten, ob sich alles «ok» anfühlt. Mädchen/Frauen machen das mit ihren Brüsten übrigens auch, um zu schauen, ob sich darin eventuell kleine Geschwüre gebildet haben.

Ein Hoden wandert in den Bauch

Ja dann: «Gute Reise!» Auch das ist völlig ok! Deine Hoden waren früher sowieso mal in deinem Bauch, und zwar, als du selbst noch ein Baby und im Bauch deiner Mutter warst. Die Hoden wandern meistens «in letzter Minute» vor der Geburt in den Hodensack. Manchmal auch erst sechs Monate später.

Heißt also, deine Hoden sind von Anfang an durch Samenstränge, Muskeln und Nerven mit deinem Bauch verbunden. Das ist auch der Grund, warum man so fiese Bauchschmerzen bekommt, wenn man einen Schlag in die Eier kriegt. Dieser «Hodengang», also der Weg in den Bauchraum bzw. in die Leiste, ist bei einigen Männern noch immer ausgeprägt, sodass sich die Hoden durch ihn hindurch bewegen können. Das sollte zwar nicht unbedingt so sein, aber es ist möglich.

WICHTIG IST: Wenn Hoden längere Zeit im Bauchraum bleiben, dann ist es denen dort zu warm, und sie können großen Schaden davontragen. Unfruchtbarkeit ist dadurch keine Seltenheit. Deine Hoden müssen bestenfalls von allein oder mit ganz wenig Nachhilfe zügig in den Hodensack zurückflutschen. Wenn das nicht so einfach geht, dann sag deinen Eltern Bescheid und geh mal zum Arzt!

Ja, ich weiß. Mit Eltern reden ist peinlich. Ich hab da mal was vorbereitet. Du findest im Buch immer wieder so eine Art Vordrucke für deine Eltern, die dir das Redenmüssen abnehmen. Diesmal zum Thema Arztbesuche! Bitte, gern geschehen.

LASS MA' ZUM ARZT!

[Anrede. Beispiel: «Ahoi Kapitän» oder «Liebe Kaiserin des Tempels»]

Es ist mir einfach nur hart peinlich, und daher gibt es nun diesen Zettel.
Durch das **jungs**fragen-Buch (vielleicht auch durch den normalen Schulunterricht, aber der Autor hat diesen Grund vorgeschoben) hab ich herausgefunden, dass:

- ❑ meine Vorhaut zu eng ist.
- ❑ mein Bändchen zu kurz ist.
- ❑ mein Ding unnatürlich stark juckt/brennt beim Pinkeln.
- ❑ meine krassen Kopfschmerzen beim Orgasmus falsch sind.
- ❑ ich einen Rasierer brauche.
  (*Das haste dich nicht allein getraut?*)

Deshalb brauche ich nun einen Termin beim Arzt.
Es soll so laufen:

- ❑ Ihr macht den Termin, aber ich gehe ganz allein in die Praxis.
- ❑ Ich spreche allein mit dem Arzt, aber beim Ergebnis seid ihr dabei.
- ❑ Ihr könnt die ganze Zeit dabei sein.

Es ist mir einfach echt/krass/mega/hardcore peinlich.
Können wir also nachher irgendwie ganz locker/gar nicht darüber sprechen? Danke!

[Dein Name]

VORHAUT

Jeder Junge wird mit einer Vorhaut geboren. Das ist dieses labberige Geschwabbel an deiner Penisspitze. Man kann es zurückziehen, darunter ist die Eichel versteckt. Wenn man die Vorhaut ganz leicht streichelt, fühlt sich das gut an. Aber was labere ich groß, haste bestimmt alles schon selbst rausbekommen.

Verschiedene Vorhautlängen

Auch die Vorhaut ist bei jedem Jungen unterschiedlich gewachsen. Manche Jungs kommen mit einer sehr langen Vorhaut (Rüsselvorhaut) auf die Welt, andere mit einer sehr kurzen, und wieder andere haben irgendwas dazwischen. Aber kein Junge kommt ohne Vorhaut auf die Welt. Man hat nur keine Vorhaut, wenn man beschnitten worden ist. Dazu mehr auf **Seite 58 ff.**

Bei manchen Jungs schiebt sich die Vorhaut völlig von allein hinter die Eichel, sobald sie 'ne Latte haben, und andere haben selbst im steifen Zustand noch viel Vorhaut über der Eichel.

Aber egal, wie lang deine Vorhaut ist, alles ist ok. Die Vorhautform/-länge sagt auch nichts über deine Männlichkeit aus!

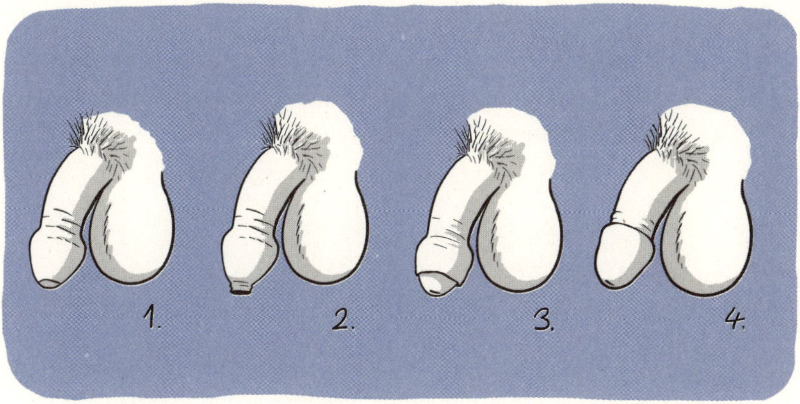

1. «Normale» Vorhaut. **2.** Sehr lange Vorhaut – «Rüsselvorhaut».
3. Kurze Vorhaut. **4.** Beschnitten.

Wozu ist die Vorhaut da?

Die Vorhaut ist ein sehr wichtiges Stück Haut: Sie schützt deine Eichel vor äußeren Einflüssen wie Schmutz, Bakterien oder auch kleineren Verletzungen. Frauen haben ihre Schamlippen zum Schutz, und wir Männer eben unsere Vorhaut.

Unsere Vorhaut schützt die Eichel außerdem davor, dass sie austrocknet. So ist die Eichel immer ganz leicht feucht, was für eine Eichel perfekt ist. Außerdem sorgt die Vorhaut dafür, dass die Eichel empfindlich bleibt, damit man beim Sex tolle Gefühle hat, und auch die Vorhaut selbst besitzt Tausende von Nerven, die beim Sex oder bei der Selbstbefriedigung wunderbare Gefühle an dein Gehirn senden. Letztlich ist sie auch die nötige Hautreserve, wenn dein Penis beim Steifwerden zu einem monströsen Riesenglied anschwillt. Eine Vorhaut hat also nur Vorteile.

WICHTIG IST: Man muss seine Vorhaut bis hinter die Eichel zurückziehen können. Also so weit, dass man die komplette Eichel sehen kann. Das muss im schlaffen **und** auch im steifen Zustand funktionieren! Ja, **muss!**

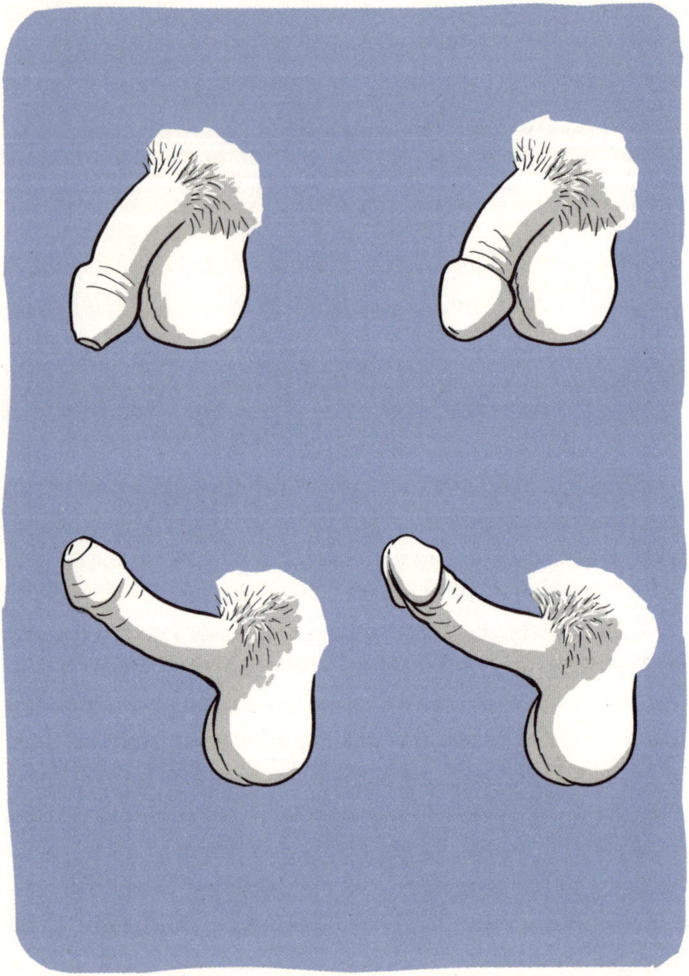

Warum muss man die Vorhaut zurückziehen können?

Einerseits natürlich - ganz klar - damit du dich dort waschen kannst. Denn jeden Tag sammeln sich zwischen Eichel und Vorhaut Urin-, Schweiß- und Spermareste an. Diese Mischung kann - wenn es ganz blöd läuft - zu Entzündungen führen, aber in erster Linie stinkt das einfach bestialisch. Hygiene ist also der erste Punkt.

Außerdem kann es sein, dass die Verengung so stark ist, dass es jedes Mal schmerzt, wenn du 'ne Latte bekommst. Wenn dein Penis steif wird, wird er so groß, dass sich die Vorhaut eigentlich automatisch über die Eichel ziehen müsste, was sie aber durch die Verengung nicht kann. Das tut dann weh oder ist einfach extrem unangenehm. Das Fachwort dafür ist Phimose, also Vorhautverengung.

Der wichtigste Grund: Die Vorhaut schiebt sich beim Sex nach hinten! Waaaas? Wiesooo? Waruuum?

Schau, so eine Scheide ist kein dickes Regenrohr, in das du deinen Penis einfach reinlegst. Klar, durch eine Scheide passt zwar irgendwann ein ganzes Baby, aber auch nur unter absolut höllischen Schmerzen und auch nur mit viel Vorbereitung! (Kleiner Vergleich: Stell dir mal vor, du müsstest dir ein ganzes Hähnchen aus dem Arsch drücken! Angenehm? Geht so, oder?!) Sprich, der Scheidengang ist - wie eben auch ein Po-Loch - standardmäßig sehr eng, und wenn du dann in diesen engen Tunnel mit deinem Penis eindringst, schiebt sich dabei automatisch die Vorhaut zurück; das verringert eine unangenehme Reibung. Kannst das ja mal mit deiner Faust ausprobieren und du wirst sehen, dass es so ist, wie ich es sage. 🤭

Heißt: Wenn deine Vorhaut zu eng ist und du sie im steifen Zustand nicht hinter die Eichel ziehen kannst, kann dir die

Vorhaut beim Einführen reißen. Zack feddich, gerissene Vorhaut. Das ist richtig fies, tut ziemlich weh und blutet wie Sau. Genau deshalb muss das Zurückschieben im schlaffen *und* im steifen Zustand ohne Probleme klappen!

Es geht zurück, aber nicht mehr nach vorn

Manche Jungs bekommen bei 'ner Latte zwar die Vorhaut hinter die Eichel, aber dann können sie sie nicht wieder nach vorne über die Eichel schieben, weil der Eichelkranz zu breit ist und sich die enge Vorhaut dahinter verklemmt. Es ist dann quasi wie ein Widerhaken.

Das nennt man umgangssprachlich «Spanischer Kragen», das Fachwort ist Paraphimose.

So was kann ziemlich gefährlich sein und muss schnellstmöglich behoben werden! Denn wenn sich die Vorhaut hinter dem Eichelkranz verklemmt und nicht wieder über die Eichel geschoben werden kann, kann das zu einem Blutstau in der Eichel führen. Die Eichel wird dann nicht mehr mit frischem Blut versorgt und stirbt im schlimmsten Fall ab; dann haste nichts mehr von der Nudel!

Erste Soforthilfe in solch einem Fall ist: Ruhe bewahren, durchatmen und versuchen, einen Schlaffen zu bekommen. Sobald der Penis schlaff ist, ist er ja wieder kleiner, und dann kann man die Vorhaut besser wieder nach vorne schieben. Hilfreich könnte außerdem sein, alles schön mit Spucke / Butter / Margarine / Speiseöl einzuschmieren: Dann glitscht die Vorhaut wieder nach vorne über die Eichel (davon bekommste dann aber wahrscheinlich wieder 'nen Steifen, weil es sich so gut anfühlt, haha). So oder so machst du anschließend aber sofort 'nen Termin beim Arzt, denn das wird wieder passieren. Spätestens beim Sex! Da will man ja aber 'ne tolle Zeit haben und nicht hart Panik schieben.

Falls diese Soforthilfe jedoch nicht klappt, dann *muss* man damit in die Krankenhaus-Notaufnahme! Ganz schnell! Das ist wirklich wichtig, bevor dir der Pimmel abstirbt! Dann kannste dir nämlich Sex und Wichsen abschreiben ... und zwar für immer!

Meine Vorhaut klebt irgendwie an der Eichel!

Jupp, das kann gut sein. Bei Neugeborenen und kleinen Jungs ist das völlig normal und von der Natur sogar so gewollt! Diese Verklebung schützt die empfindliche Eichel und die Innenseite der Vorhaut. So bleibt beides schön gefühlvoll, nichts kann verletzt werden, und es kommen keine Keime an die Schleimhäute.

Diese Verklebung hat sich oft bis zum Alter von zirka acht oder neun Jahren gelöst – manchmal lässt sich der Körper aber damit auch länger Zeit. Spätestens in der Mitte der Pubertät (ca. 14 Jahre) sollte sich die Verklebung aber gelöst haben.

An der Unterseite deiner Eichel ist die Vorhaut übrigens nicht verklebt, sondern tatsächlich mit einer Art Band aus Haut verbunden. Dieses Hautband muss da auch sein! Das hat nichts mit einer Verklebung zu tun. Das ist das sogenannte *Bändchen*. Mehr dazu findest du auf **Seite 64 f.**

Kann ich was machen, wenn die Vorhaut verklebt / zu eng ist?

Falls du schon lange in der Pubertät bist und die Vorhaut noch immer mit der Eichel verklebt ist, musst du nicht gleich unters Messer, sondern kannst selbst etwas nachhelfen:

Warme Badewanne

Kurz vorm Ende deines Badevergnügens - also wenn deine Haut schon schrumpelig und aufgeweicht ist - kannst du deine Vorhaut vorsichtig bis zur verklebten Stelle zurückziehen. Wenn du ab dieser Position ganz behutsam weiterziehst, kannst du die Verklebung gaaaanz laaaaangsam lösen. Weniger als einen Millimeter reicht da schon! Sobald es weh tut, sofort aufhören! Schmerzen sind nie gut! Egal, bei was oder wo!

Wenn es schmerzt, verletzt du die Eichel, es entstehen Mikro-Narben, und das kann dazu führen, dass du an dieser Stelle später weniger oder keine Gefühle mehr hast. Daher wirklich ganz, ganz, ganz, ganz langsam und vorsichtig. Du kannst es nach ein paar Minuten ja noch mal probieren oder einfach in den nächsten Tagen. Du hast dafür ohne Ende Zeit! Es ist kein Wettkampf, und das Loslösen darf auch gern mehrere Wochen dauern. Jedes Mal ein klein wenig weiter als letztes Mal.

Dehntherapie mit Creme

Rund 75 Prozent aller Vorhautverengungen können mit Cremes und/oder Dehnungsübungen behandelt werden. Bedeutet, wenn 100 Jungs eine Vorhautverengung haben, dann können von dieser Gruppe 75 Jungs mit einer speziellen Dehnungscreme behandelt werden. Denen muss die Vorhaut also nicht abgeschnitten werden.

Funktioniert so ähnlich wie beim Badewannen-Tipp, nur

halt mit Creme: Man zieht die Vorhaut so weit wie möglich zurück, schmiert dort dann die Creme hin und hält diese Position für eine bestimmte Zeit. Dann wieder nach vorne schieben und wieder zurück, bis zur äußersten Position. Alles ohne Schmerzen, aber man muss sich auch schon etwas fordern dabei, sonst bringt es ja nichts. Das Ganze macht man so zirka sechs Wochen. Jeden Tag quasi einen halben Millimeter mehr.

Bissl doof an der Geschichte ist, dass die Verengung trotzdem eventuell wiederkommen kann. Es könnte also sein, dass es mit einer einmaligen Behandlung nicht getan ist und man diese Dehnung häufiger in seinem Leben machen muss. Wenn die Vorhaut nicht beansprucht wird, nimmt sie halt wieder ihre ursprüngliche Form an. Vergleiche es mit Muskeln! Wenn du viel trainierst, wachsen Muskeln. Machste dann längere Zeit keinen Sport, hauen auch die Muskeln wieder ab. So ist es mit der Vorhautbreite auch.

Einige dieser Cremes gibt es rezeptfrei in der Apotheke, allerdings haben einige Ärzte (Urologen/Andrologen) noch krassere, sprich wirksamere Cremes im Schrank. Dafür muss man denen dann halt mal einen Besuch abstatten.

Wenn das alles nicht hilft und die Vorhaut nicht über den Penis geht oder nicht zurück, dann muss man über eine *Beschneidung* nachdenken.

BESCHNEIDUNG

Was ist eigentlich eine Beschneidung?

Bei einer Beschneidung wird euch der Penis abgeschnitten! Ach, nee, doch nicht. Bei einer Beschneidung wird die Vorhaut abgeschnitten.

Vorweg: Dieses Thema betrifft nur wenige Jungs. In Deutschland so rund 15 %. Es ist aber sehr wichtig, weil viele Jungs beschnitten werden, obwohl es nicht nötig ist ooooder aber andersrum, sie laufen mit einer viel zu engen Vorhaut rum und müssten eigentlich beschnitten werden!

WICHTIG IST: Jungs und Männer sollten nur beschnitten werden, wenn es wirklich medizinisch notwendig ist! Heißt, wenn man die Vorhaut gar nicht über die Eichel ziehen kann – hab ich euch gerade erklärt, nä?

In welchem Alter sollte man deswegen zum Arzt?

Man muss gar nicht so früh zum Arzt. Die Natur hat sich bei deiner Vorhaut schon was gedacht. Bei Babys und kleinen Jungs ist es zum Beispiel so, dass die Vorhaut mit der Eichel verklebt ist, wie wir gerade gelernt haben. Gleichzeitig wächst der Penis ja in der Pubertät und somit auch die Vorhaut. In vielen Fällen wird die Vorhaut dann plötzlich so groß/weit, dass die anfänglich vermutete Vorhautverengung verschwunden ist. Da geht also noch einiges, falls du jetzt Angst gehabt haben solltest.

Wenn du eine Vorhautverengung haben solltest, dann kannst du mit den Dehnungsübungen starten, die ich gerade beschrieben habe. Je früher du damit anfängst, desto besser. Ganz abschneiden ist vielleicht noch etwas früh. Dein Penis entwickelt sich ja wie gesagt noch.

Wir einigen uns einfach auf Folgendes: Wenn du 16 Jahre alt bist, aber trotz Dehnungsübungen deine Vorhaut noch immer nicht am steifen Penis zurückziehen kannst, dann ist der Zeitpunkt gekommen, zum Arzt zu gehen, ok? Denn mit ca. 16 Jahren ist dein Penis so weit entwickelt, dass man davon ausgehen kann, dass die Vorhaut sich nicht mehr groß verändert.

WIE IMMER GILT: Einmal mehr zum Arzt ist besser, als es zu verschweigen. Denn nicht behandelte Sachen können richtig mies enden.

Was genau passiert bei einer Beschneidung?

Wenn die Dehntherapien nicht funktioniert haben oder deine Verengung so kompliziert / schmerzhaft ist, dass man sie nicht mit einer Dehntherapie behandeln kann, dann gibt es verschiedene Möglichkeiten der Beschneidung:

Kleiner Einschnitt

Der Profi sagt dazu auch *Triple Incision* (dreifacher Einschnitt). Mit dieser Methode kannst du deine Vorhaut behalten.

Der Arzt sucht die Stelle, an der deine Vorhaut zu eng ist,

schneidet diesen Bereich mit einem bestimmten Schnitt ein und vernäht die Wunde in einer speziellen Art und Weise. So wird die Vorhaut in diesem Bereich geweitet und alles funktioniert so, wie es soll. Das sieht anschließend eventuell etwas komisch aus, aber immerhin hast du noch die Vorhaut!

Wichtiger Hinweis: Du schneidest dir keinesfalls selbst am Penis rum! Das ist unfassbar gefährlich, das kann nur schiefgehen! *Das darf nur ein Profi machen!* Ärzt*innen haben dafür jahrelang studiert und wissen, wie sie vorgehen müssen. Wenn du es selbst versuchst, kannst du anschließend deinen Penis womöglich gar nicht mehr benutzen! Also Finger weg!

Radikalkur: Alles weg. Komplette Beschneidung.

Vorneweg: Eine Beschneidung ist nicht generell schlecht, sie geschieht oft nur viel zu früh und viel zu radikal! Daher noch mal mein Appell: Testet vorher die anderen Methoden, bevor ihr euch beschneiden lasst!

Interessanterweise müssen nur zirka 9 Prozent aller Vorhautverengungen tatsächlich komplett beschnitten werden. Das ist wichtig zu wissen. Denn manche Ärzte schlagen vor, dass man doch gleich komplett beschneiden könne. Warum tun sie das? Weil man damit wesentlich mehr Geld verdient als mit einer ollen Creme.

Bei einer Beschneidung wird die Vorhaut komplett entfernt. Oftmals auch zusammen mit dem Vorhautbändchen. Dies hat dann zur Folge, dass eure Eichel immer freiliegt und nicht mehr von der Vorhaut geschützt wird. So gibt es dann auch keine Probleme mehr beim Waschen oder beim Sex, denn die zu enge Vorhaut ist dann ja weg.

Angenommen, deine Verengung ist wirklich so eng oder kompliziert, dass du komplett beschnitten werden musst, dann unterhalte dich unbedingt mit deinem Arzt, mit welcher Methode und welche Varianten er beherrscht. Es gibt da nämlich – ganz grob überschlagen – vier unterschiedliche Varianten, die jeweils Vor- und Nachteile haben. Es ist also wichtig, genau zu wissen, was man will, damit man anschließend mit dem Aussehen und der Funktionsweise zufrieden ist.

Es gibt folgende Varianten:

- **Low and loose** – Es wird versucht, so wenig wie möglich Vorhaut zu entfernen, allerdings wird die gefühlvolle Vorhaut**innen**seite entfernt.
- **High and loose** – Es wird versucht, so wenig wie möglich Vorhaut zu entfernen. Hier wird aber die Vorhautaußenseite entfernt. Man kann das gefühlvolle Innenblatt behalten. Diese Variante ist meine Empfehlung! Sofern es bei euch möglich ist und der Arzt diese Methode beherrscht!
- **Low and tight** – das gefühlvolle Vorhaut**innen**blatt wird komplett entfernt und straff vernäht. Könnte zu Wachstumsproblemen führen oder auch zu Schmerzen bei jeder Erektion, wenn die Beschneidung vor der Pubertät gemacht wird. Mit dieser Variante hat man später die wenigsten Gefühle im Penis und eventuell auch Probleme, zu masturbieren. Dies ist die «Wir wollen nicht, dass unser Sohn masturbiert oder Sex hat»-Variante.
- **High and tight** – das Vorhaut**außen**blatt wird komplett entfernt und straff vernäht. Dadurch bleibt die gefühlvolle Innenseite vorhanden und sendet beim Wichsen oder Sex tolle Gefühle an dein Gehirn. Aber auch diese Variante kann zu Wachstumsproblemen führen oder zu Schmerzen bei jeder Erektion, wenn die Beschneidung vor der Pubertät gemacht wird.

Das oberste Ziel muss immer sein, deine Vorhaut zu retten oder zu behalten. Wichtig ist also bei allen Behandlungsmöglichkeiten: **Kämpfe um deine Vorhaut!** Deine Vorhaut ist kein unnötiges Stück Haut, wie es gerne mal behauptet wird. Deine Vorhaut ist sehr wichtig für deinen Penis! Die Natur hat sich dabei was gedacht! Wenn sie abgeschnitten wird, ist sie *für immer* weg. Sie kommt nie wieder, und man kann keine Vorhaut rekonstruieren!

Gibt es denn auch Vorteile durch eine Beschneidung?

Die einzigen zwei Vorteile, die eine Beschneidung bringt, sind: Man kann sich waschen und schmerzfrei Sex haben. Mehr Vorteile gibt es nicht! Was es gibt, sind aber noch immer viele Mythen über Beschneidungen.

Was so im Netz rumschwirrt – «Argumente» für Beschneidung

«Es ist hygienischer!» Nein, ist es nicht. Dieses Argument kommt aus einer Zeit oder einem Ort, an der / dem es kein fließendes Wasser gab. Heute können wir uns nahezu überall mal schnell waschen. Fast in jedem Klassenzimmer ist ein Waschbecken! Ihr könnt euren Dödel überall unter Wasser halten. Hygienischer ist es also wirklich nicht.

«Man steckt sich nicht so schnell an.» Dies stimmt zwar zu einem ganz, ganz kleinen Teil, allerdings auch nur für wenige Krankheiten! Immun wird man durch eine Beschneidung also nicht. Somit ist das auch kein wirklich gutes Argument für eine Beschneidung.

«Es ist besser beim Sex!» Nein, nicht wirklich. Beschnittene Männer neigen beim Sex dazu, den Penis wie einen Kolben immer wieder in die Partnerin / den Partner zu rammen, was zu starken Schmerzen beim Gegenüber führen kann. Dies hängt mit dem geringeren Gefühl im Penis zusammen. Unbeschnittene Männer – also Männer, die noch eine Vorhaut haben – sind empfindsamer beim Sex und ballern in der Regel nicht so in ihre*n Partner*in rein.

«In meiner Religion ist man erst nach einer Beschneidung aufgenommen!» Das kann so sein, dann muss man sich aber überlegen, was wichtiger / sinnvoller ist. Ein gut funktionierender Körper – oder eine Gruppe, die einen nur akzeptiert, wenn man sich etwas Wichtiges vom Körper abschneidet.

«Beschnitten sieht schöner aus!» Das mag für diese Personen vielleicht zutreffen, jeder Mensch hat aber ein anderes Schönheitsempfinden. Außerdem entscheidet das auch bitte der Träger des Penis selbst. 😉

DAS BÄNDCHEN

Da guckt man so auf die Unterseite seines Penis und denkt sich, dass da doch irgendwas nicht richtig sein kann: Irgendwie ist die Unterseite mit der Penisöffnung verbunden. Soll das so? Ja, das muss so sein.

Dieses Bändchen haben alle unbeschnittenen Jungs: Es hält die Vorhaut mit der Eichel zusammen. Es ist außerdem sehr sensibel und reagiert total gut auf Berührung – nur mal so nebenbei, falls du es noch nie angefasst hast. Wo genau es sich schön anfühlt, musst du natürlich selbst herausfinden, das ist bei jedem Jungen anders. Mal weiter oben, mal weiter unten, mal eher rechts, mal eher links.

Muss das sonst noch irgendwas können, außer den ganzen Bums zusammenhalten? Nein. Oder doch, ja! Es muss lang genug sein!

Ist mein Bändchen zu kurz?

Um dies herauszufinden, musst du deine Vorhaut im steifen Zustand so weit zurückziehen, bis du die komplette Eichel siehst. Wenn du beim Zurückziehen merkst, dass sich das Bändchen extrem spannt und deine Eichel sich vielleicht auch nach unten biegt, obwohl du die Vorhaut noch gar nicht ganz hinter der Eichel hast, dann ist das ein Zeichen, dass das Bändchen zu kurz ist.

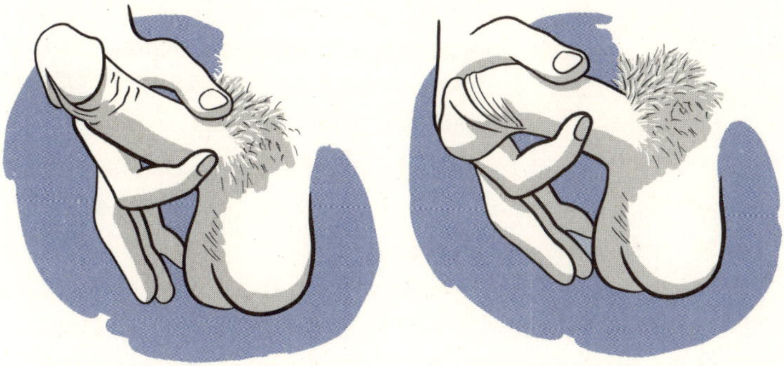

Entwarnung gibt es aber, wenn du deine komplette Eichel sehen kannst und nichts spannt oder sich nicht (oder nur leicht) biegt. Dann ist alles gut. Je weiter du deine Vorhaut dann nach hinten ziehst, desto mehr verbiegt sich dann natürlich auch die Eichel. Wichtig ist also nur, dass du deine komplette Eichel sehen kannst, ohne dass irgendwas spannt oder sich verbiegt.

Ok, das Bändchen ist zu kurz, was muss ich jetzt machen?

Ein zu kurzes Bändchen kann beim Sex echt weh tun oder sogar reißen! Das ist extrem unangenehm, blutet sehr stark und kann zu ganz fiesen Narben führen. Diese Wunden könnten so blöd zusammenwachsen, dass du anschließend starke Probleme mit deiner Vorhaut bekommst. Daher sollte man vorher handeln.

Der Weg zu einem*r Fachmann*frau ist also nötig. Da hilft ein*e *Urolog*in* weiter. Bei der Untersuchung braucht man keine Latte, der Profi erkennt das Problem auch so. Beim ersten Besuch wird erst mal nur geguckt und besprochen, wie es weitergeht.

Sollte dir ein Arzt raten, dich direkt komplett zu beschneiden, obwohl nur dein Bändchen zu kurz ist: aufstehen und gehen! Das Sinnvollste ist nämlich die Verlängerung des Bändchens, nicht seine Entfernung!

Einige Tage/Wochen später ist dann meist die richtige Behandlung; je nachdem, wie viel in der Praxis los ist. Die eigentliche Operation verläuft so: Du bekommst erst eine Penis-Betäubung, und sobald du sicher nichts mehr am Penis spürst, geht's los.

Das Bändchen wird quer durchtrennt und wieder längs vernäht; dadurch gewinnt es an Länge. Hört sich fieser an, als es ist. Sprühverband drauf, Hose hoch, fertig. Das dauert alles insgesamt so rund 15 Minuten. Die Fäden lösen sich nach wenigen Tagen von selbst auf! Magic! Das echt Blödeste an der Sache: Wichsen ist für ein paar Tage erst mal nicht mehr.

Kann ich es selbst behandeln?

Nein! Wenn du versuchst, das Bändchen auf eigene Faust zu dehnen, können dabei kleine Narben entstehen, die dazu führen, dass das Bändchen noch kürzer wird. Du bewirkst dadurch also das Gegenteil. Das Bändchen ist etwas anders beschaffen als eine Vorhaut. Daher kann man die Vorhaut bis zu einem gewissen Grad dehnen, ein Bändchen aber nicht. Auch wirst du dein Bändchen nicht selbst durchschneiden! Auf gar keinen Fall! Das kann nur schiefgehen! Also Finger weg! Es ist immer nötig, dafür in eine Praxis zu gehen!

BEN ERZÄHLT AUS SEINEM LEBEN

Ja, Fun Fact, diese OP musste auch bei mir gemacht werden. Daher weiß ich so genau, was da passiert. Ich habe selbst irgendwann rausgefunden, dass das bei mir irgendwie anders ist als bei den anderen Jungs aus der Klasse. Bin dann mit 15 Jahren auf eigene Faust und heimlich zum Arzt. Meine Eltern wussten davon also nichts. Total dämlich, aber nun ja, so ist man in dem Alter halt. Nachdem die Diagnose dann eindeutig war und mein Bändchen verlängert werden musste, habe ich es meinen Eltern aber gesagt; was auch wesentlich sinnvoller ist, denn nach der OP hat man erstens nicht so Bock, mit'm Fahrrad zurück nach Hause zu fahren, und zweitens ist man durch die Betäubung auch leicht neben der Spur. Außerdem hat man ja so rund zehn Tage was von der OP, und da hätten sich meine Eltern bestimmt gewundert, warum der Junge plötzlich wie ein Storch durchs Haus geht.
Ich kann dir aber sagen, dass das Allerschlimmste an der ganzen OP war, dass man sich zirka zehn Tage keinen runterholen darf. Haha. Überleg mal! In der pubertären Hochphase zehn Tage ohne Orgasmus?! What?! Horror!
Also habe ich mir trotzdem einen geschleudert 🙈. Ich habe es nach ca. sechs Tagen einfach nicht mehr ausgehalten. Ergebnis: Die Naht ist aufgeplatzt! Albtraum!
Richtig dämliche Entscheidung war das. Hat geblutet wie Sau, und ich hatte echt Panik. Habe es natürlich niemandem gesagt, weil es mir einfach total peinlich war. Wie hätte das laufen sollen? «MAMA, PAPA MEIN SCHWANZ BLUTET, WEIL ICH WIE EIN GEISTESKRANKER GEWICHST

HABE!» Hahahaha, blanker Wahnsinn! Ich habe die Wunde also so gut es ging zitternd abgedrückt und geschaut, ob die Blutung von allein aufhört. Das tat sie zum Glück dann auch. Sah aber aus wie ein Schlachtfeld, und ich hatte zwei, drei Tage danach noch echt Angst, was aus meinem Dödel nun wird.

Glücklicherweise ist alles gut und ohne schlimme Narben verheilt. Das hätte aber auch echt ganz, ganz anders ausgehen können. Mein Rat also: Die OP ist ein Witz, das Wichsverbot ist hart (höhö, «hart»), aber wirklich extrem sinnvoll!

DIE URSUPPE: DEIN SPERMA

Irgendwann in der Pubertät hat jeder Junge diesen einen Moment, in dem er entweder nach dem Wichsen oder einfach so während des Schlafens seinen ersten Samenerguss hat. Yeah!

Dass der Penis steif werden kann, wusstest du ja schon lange. Dass es sich gut anfühlt, daran rumzufummeln, auch. Dass ein Orgasmus ein schönes Gefühl ist, hast du vielleicht auch schon gemerkt. ABER DIESER KOMISCH GLIBBERIGE SCHLEIM? WTF?!

Joa, herzlichen Glückwunsch. Dieses schmierige Zeugs gehört ab jetzt für immer dazu. Beim Wichsen brauchste also ab jetzt was zum Abwischen. Taschentuch, Handtuch, altes Shirt, Socken ... – ach richtig: UND du bist ab diesem Zeitpunkt zeugungsfähig! Heißt, wenn diese Flüssigkeit in die Scheide eines Mädchens bzw. einer Frau kommt, wird sie davon sehr wahrscheinlich schwanger! Ganz egal, ob ihr das erste Mal Sex habt oder heute Nacht Vollmond ist.

Wie viel Sperma ist normal?

Oh ja, alle wollen immer viiiel Sperma und am besten noch im hohen Bogen spritzen. Mehrmals. Damit geben jedenfalls viele Jungs und Männer an. Angeblich kommt es denen literweise aus der Nudel, und die wissen alle gar nicht mehr wohin mit dem ganzen Zeugs. Das wird direkt abgefüllt und im Lastwagen an die Samenbank vertickt.

Alles Quatsch! Die durchschnittliche Spermamenge bei jedem Samenerguss ist ungefähr der Boden eines Esslöffels voll. Ja, mehr nicht. Klar kann es mal mehr oder mal weniger sein. In den meisten Fällen ist es aber ungefähr ein Esslöffel voll!

Natürlich gibt es diese Jungs und Männer, die eine enorm große Spermaproduktion haben und denen dann mehr Sperma aus dem Penis läuft/spritzt als anderen. Ich habe aber noch nie mitbekommen, dass ein Junge/Mann ein großes Schnapsglas (4 cl) vollbekommen hätte. Das wäre eine wirklich große Ausnahme, und wahrscheinlich auch gar nicht so einfach zu handhaben. Wohin soll man denn immer mit dem ganzen Zeugs?

Die Menge ist – by the way – eh nicht wichtig. Denn viel oder wenig Sperma zu haben, sagt nichts, also wirklich gar nichts, über deine Zeugungsfähigkeit aus oder wie gut der Sex ist. Mit viel oder wenig Sperma kann man die gleiche Anzahl an Kindern zeugen und großartige Orgasmen haben.

Sperma besteht aus unterschiedlichen Drüsenflüssigkeiten, die bei einem Orgasmus in deinem Körper zusammengemischt werden. (Natürlich erst dann, wenn dein Körper so weit entwickelt ist. Wie du ja vielleicht schon weißt, kannst du einen Orgasmus auch ohne Sperma bekommen.) Sperma ist keine Substanz, die zum Beispiel nur in den Hoden entwickelt wird und dann dort auf ihre Benutzung wartet. Und je nachdem, welche Drüsen bei dir etwas mehr oder etwas weniger produzieren, desto größer oder kleiner ist deine Spermamenge.

Bei Jungs/Männern, die viel Sperma produzieren, kann es also auch sein, dass besonders viel von einem bestimmten Drüsensekret gebildet wird und deshalb die Menge entsprechend groß ist. Dafür sind dann aber die Spermien, die ja für die Schwangerschaft sorgen, nicht so stark vertreten. Man hat also gegebenenfalls zwar viel Sperma am Start, aber die Spermienanzahl ist im Verhältnis zur Gesamtmenge recht übersichtlich. Andersrum kann es so sein, dass Jungs, die wenig Sperma produzieren, trotzdem eine viel höhere Spermienanzahl haben.

Damit wir uns nicht missverstehen: Damit sage ich nicht, dass Jungs mit viel Sperma weniger zeugungsfähig sind und die Jungs mit wenig Sperma wahre Fortpflanzungsmaschinen, sondern lediglich, dass die Menge des Spermas überhaupt gar nichts aussagt!

Wie viel Sperma tatsächlich aus deinem Penis herauskommt, hängt noch von weiteren Faktoren ab, zum Beispiel, wie oft du heute schon gewichst hast. Ob du überhaupt geil bist oder es nur aus Langeweile machst. Ob du es dir selbst machst oder einen gewichst bekommst. Ob du richtigen Sex hast oder nur in deinem langweiligen Kinderzimmer rumsitzt. Ob du schon lange keinen Orgasmus mehr gehabt hast oder deine Fantasie die gleiche wie immer ist oder du eine neue aufregende hast - und so weiter. Das sind alles Faktoren, die die Spermaproduktion beeinflussen. Wenn man einen guten Tag und krassen Sex hat oder «perfekt» onaniert, kann die Menge also plötzlich ganz andere Dimensionen annehmen. Dann kann es auch sein, dass man sich selbst mal ins Gesicht spritzt.

Mein Sperma spritzt nicht!!!

Keine Panik, das ist total normal! Zwar sieht man in den meisten Pornos, wie die Typen meterweit durch den Raum splatattern, aber im realen Leben ist das eher selten. In den Pornos wird – wie im Fernsehen/Film üblich – einfach getrickst: Unter den Penis wird ein dünner Schlauch mit künstlichem Sperma gehalten.

Natürlich gibt es auch die Jungs/Männer, die quer durch den ganzen Raum spritzen und angeblich jedes Mal, nachdem sie gekommen sind, neu tapezieren müssen. (Wofür sie dann wahrscheinlich einfach das eigene Sperma nehmen. Wozu noch Kleister kaufen?! Einfach flächig an die Wand jizzen, Tapete drauf, fertig.) Aber Scherz beiseite, das sind wirklich die Ausnahmen. Und auch hier stellt sich die Frage, ob das wirklich so angenehm und erstrebenswert ist! Klar, es mag total imposant sein und man kann damit angeben. Aaaber, man muss sich halt immer etwas vor den Dödel halten, weil sonst ständig alles total dreckig wird um einen herum. Beim richtigen Sex kann das schnell zu komischen Situationen führen, wenn man anschließend nicht nur komplett duschen, sondern auch das halbe Schlafzimmer der Freundin (oder wo immer ihr gerade übereinander hergefallen seid) feucht durchwischen muss. Sehr viel ist also meist nur in der Fantasie toll.

Ob Sperma spritzt oder nicht, hat übrigens ebenfalls nichts mit eurer Zeugungsfähigkeit zu tun. Neben dem perfekten Zusammenspiel zwischen Muskelkontraktionen und Drüsenproduktionen (was ihr beides null steuern könnt), liegt das nämlich häufig einfach an der Dicke der Harnröhre! Erinnert euch mal an den Physikunterricht (laaaaaaame, ja, Moment!): Wenn man zum Beispiel einen Eimer Wasser durch eine dicke Regenrinne kippt, kommt das Wasser am unteren Ende nur rausgelaufen. Wenn man hingegen denselben Eimer Wasser durch einen engen Strohhalm schüttet, dann ist da so viel Druck drauf, dass das Wasser am unteren Ende richtig rausschießt. So ist es auch beim Penis. Bei wem das Sperma also nur hinauströpfelt, der kann sagen, dass er die dickere Röhre hat, verstehste?! 😉

Aber auch hier greifen wieder die gleichen Faktoren wie im vorherigen Kapitel **Sperma-Menge**. Heißt, je nach Tages- und Sexform kann sich auch das alles schlagartig ändern.

Wie muss Sperma aussehen?

Irgendwie hat man ja im Kopf, dass Sperma immer eine schleimige und vor allem weiße Masse sein muss. Das sind aber auch so Storys, die man gerne mal von Kumpels zu hören bekommt oder die man in diversen *Aktfilmen* (vornehmes Wort für: FICKFILM ... also Pornos) zu sehen bekommt. Sperma kann aber tatsächlich unterschiedliche Konsistenzen haben, also unterschiedlich beschaffen sein: von dickflüssig und weiß bis sauflüssig und irgendwie durchsichtig kann alles dabei und bei jedem Samenerguss anders sein. Holste dir dreimal am Tag einen runter, sieht es dreimal anders aus. Wie ich oben schon erklärte, wird Sperma aus vielen Drüsen zusammengemischt. Je nachdem, wie dein Körper und deine Drüsen so drauf sind, kann das dann von Mal zu Mal eben anders aussehen.

Außerdem hat es damit zu tun, ob sich deine Spermien schon aktiviert haben oder nicht. Unter anderem sind die weißen Bestandteile in deinem Sperma das Frühstück für deine Spermien. Also, mal ganz salopp ausgedrückt, damit man sich das vorstellen kann: Mit diesen Partikeln machen sich deine Spermien startklar für den Weg zur Eizelle. Wenn deine Spermien das schon in deinem Körper machen, dann ist dein Sperma eher wässrig, und wenn deine Spermien eher chillen und nichts überstürzen, dann aktivieren sie sich erst, wenn sie draußen sind. Das kann man übrigens auch sehen: Wenn du das nächste Mal beim Wichsen weißes, dickflüssiges Sperma hast, lass das einfach mal auf deinem Bauch und mach nichts. Nach wenigen Momenten wirst du sehen, dass es immer durchsichtiger und flüssiger wird, bis es einfach nur links und rechts vom Bauch herunterfließt.

Ich habe Klümpchen im Sperma!

Das kann mal passieren und ist überhaupt nicht schlimm. Das könnte auch damit zusammenhängen, dass du dir mal ’ne Zeitlang keinen gewichst hast. Heißt, wenn du dir eigentlich recht oft einen runterholst und dann mal längere Zeit Pause machst, dann gerinnt das Sperma etwas, und so entstehen dann halt diese kleinen gelben Klumpen. Alles kein Grund zur Sorge!

Wenn das Sperma aber ständig eine andere Farbe hat, fast schon in Richtung «grün» geht und/oder regelmäßig Blut im Sperma ist, dann ist der Weg zum Urologen echt mal eine gute Wahl! Wenn jedoch nur mal zwischendurch leicht Blut im Sperma ist, ist das vollkommen ok. Ach, das wollte ich ja erst im nächsten Abschnitt sagen ...

Hilfe, es ist Blut im Sperma!

Wenn das passiert, dann läuten ja schnell die Alarmglocken in einem, aber auch dafür kann es enorm viele Gründe geben! Die meisten davon sind total harmlos. Eine gute Faustregel lautet, wenn es um ungewöhnliche Vorgänge am Körper geht: Sie sind meist erst abklärungswürdig, wenn sie mehrere Tage anhalten. Wenn du also drei, vier Tage am Stück Blut im Sperma hast, dann sollteste echt mal flott zum Arzt. Wenn du dir ständig einen wichst und jetzt einmal plötzlich etwas Blut im Sperma ist, kannst du sagen: «Na, wir warten das nächste Mal ab.»

Die Ursache könnte dann nämlich sein, dass gerade eine minikleine Ader in der Harnröhre geplatzt ist und sich das frische Blut dann mit dem Sperma vermischt. Das Sperma ist dann meist rosa bis hellrot oder hat leichte Blutfäden darin. Wenn das Sperma hingegen kräftig dunkelrote oder sogar braune Schlieren haben sollte, dann ist das meist älteres Blut aus der Prostata oder den Nebenhoden. Dort gibt es ja auch überall Äderchen, die dann wohl aufgegangen sind. Das passiert im Körper häufiger als man denkt, nur merkt man es meistens nicht. Manchmal haste ja auch ein bisschen Blut beim Naseputzen im Taschentuch oder am Finger beim Popeln. Auch das ist aber - wie gesagt - alles kein Problem, wenn es ab und zu vorkommt.

WICHTIG IST: Zum Arzt sollte man aber tatsächlich dann, wenn dir der Orgasmus weh tut, sehr unangenehm ist oder du regelmäßig Blut im Sperma siehst. Vielleicht tut es ja auch beim Pinkeln weh oder deine Hoden schmerzen irgendwie. Dann echt mal Füße in die Hand und los zum Urologen! Solche Symptome sind in eurem Alter zwar seeeehr ungewöhnlich, jetzt habt ihr aber schon mal davon gehört und wisst für die Zukunft Bescheid. ☝

HYGIENE

Hygiene, das ist das mit diesem Wasser und Duschgel und so was. Man sagt dazu auch häufig «duschen» oder «baden». Aber ganz grob könnte man es auch mit: «WASCH DICH!» betiteln.

Fun Fact: Mit der Pubertät fängt man an zu stinken. Und das bleibt dann auch so … – also sofern man sich nicht wäscht. Wird auch mit'm hohen Alter nicht besser. Kennste den Geruch von Oma und Opa? Siehste.

Als Baby riecht man, wenn überhaupt, eigentlich nur nach Kacke, wenn man ordentlich in die Windel gewemmst hat. Alles andere riecht bei Neugeborenen so gut wie gar nicht. Selbst Erbrochenes ist zwar nicht angenehm, aber eben auch nicht krass. Als Kind hat man da auch noch nichts zu befürchten. Auch dein Schweiß riecht nicht wirklich. Wenn überhaupt, ist da bei Kindern eine Tendenz zu Käsefüßen zu entdecken.

Aaahaaaaber mit der Pubertät fängt der ganze olfaktorische (das heißt riechen / Geruch) Wahnsinn dann an. Liegt unter anderem auch wieder an den Hormonen und den anderen körperlichen Veränderungen in der Pubertät. Schweiß riecht. Haare werden eventuell fettig und riechen. In deinen Ohren findet man plötzlich mehr Ohrenschmalz. Die Füße stinken gegebenenfalls noch stärker. Aus der Hose kommt plötzlich ein süßlich-beißender Geruch, weil man anfängt zu onanieren und sich das Restsperma nicht von der Nudel wäscht.

Dieses ganze Geruchsdings ist auch wieder so 'ne Sache, auf die man verzichten könnte. Na ja, aber müssen wir alle durch. Herzlich willkommen.

PICKEL!

Was 'ne Scheiße! Pubertät ist ja eigentlich einigermaßen erträglich, aber auf diese Pickel kann man echt verzichten. Leider gehören auch die dazu. Wie immer: nicht bei jedem, aber bei den meisten.

Warum bekommt man überhaupt Pickel?

Dieselben Hormone, die dafür sorgen, dass z. B. dein Körper wächst, deine Hoden größer werden und deine Schamhaare sprießen, sind dafür verantwortlich, dass auch sämtliche anderen Drüsen in deinem Körper verrückt spielen und voll aufdrehen. Besonders die am Kopf. Sprich, im Gesicht und auch gern die Haare werden fettiger.

Jeder Mensch hat im Gesicht ganz viele kleine Talgdrüsen. Vor und nach der Pubertät sind die völlig gechillt und benehmen sich; aber *während* der Pubertät produzieren sie plötzlich so viel Talg, dass die Poren verstopft sind. Nichts kann mehr abfließen, und es kommt zu kleinen Entzündungen – sprich: Pickel.

Aber auch viel Stress (Schule, Leistungsdruck, Versagensängste) können dafür verantwortlich sein. «Die Haut ist der Spiegel der Seele», sagt man gerne mal. Wissenschaftler und Mediziner streiten sich auch gerade, ob ungesunde Ernährung (Fast Food, Süßigkeiten) mit Akne zusammenhängen kann. Manchmal kann Akne auch von Milchprodukten (Käse/Joghurt) ausgelöst werden.

Was kann man gegen Pickel tun?

Schlechte Nachricht vorweg: wenig. Da die Gründe für Akne super unterschiedlich und vielfältig sind, kann man die Sache nicht «gezielt» angehen.

Jetzt die gute Nachricht: Man kann auf ein paar grundsätzliche Dinge achten und so das Risiko auf noch mehr Pickel minimieren!

Ranking der Pickel-Bekämpfung:

- **Auf Platz 6:** Aufhören zu rauchen ... aber da hoffe ich doch mal, dass du mit dem Scheiß gar nicht erst angefangen hast. Und wenn doch: hör auf! (Zum Rauchen gibt es auf **Seite 228** noch ein paar Infos.)
- **Auf Platz 5:** Stress minimieren. Wenn du zum Beispiel Probleme in der Schule hast, dann rede mit irgendwem darüber! Falls du zu viele Verpflichtungen in der Woche und keine Freizeit mehr für dich hast, dann sag deinen Eltern, dass du nicht hinterherkommst! Falls du in der Schule irgendwas nicht peilst, lass es dir von irgendwem noch mal erklären! Auch wenn es dir peinlich ist, weil es bei dir länger dauert: Hast du es dann kapiert, stresst es dich nie wieder! Ist logisch, oder?
- **Platz 4:** Genug Wasser trinken und Bewegung erhöhen. Heißt, Cola oder Energydrinks sind Ausnahmen, nicht andersrum! Bei Durst: Wasser! Alles andere nur zu *besonderen Gelegenheiten*!

Auch darf deine Bewegung aus mehr bestehen als dem Gang von der Couch, in die Küche, ins Bett und zurück. (Gaming ist kein körperlicher Sport! 😎)

- **Platz 3:** Ernährung beobachten! Bekommst du mehr Pickel nach Gummibärchen, Kuchen, Schokolade, Lasagne, Käse, Joghurt, Chips, Nüssen, Brot usw.? Wenn ja, dann iss einfach etwas weniger von den jeweiligen Dingen – sofern du weniger Pickel haben möchtest.
- **Platz 2:** Benutz keine fettige Gesichtscreme! Deine Haut ist ja schon «fettig» genug, was die Pickel beweisen. Wenn du nach dem Waschen / Duschen ein trockenes Spannungsgefühl im Gesicht hast, dann sind *fettfreie Gels* das Mittel der Wahl!
- **Und auf einem nicht zu erwartenden Platz 1:** waschen!
  Ja, ernsthaft. Am besten reinigst du dein Gesicht mit Reinigungsmitteln, die mit *Fruchtsäuren, Glykolsäure, Salicylsäure* und *Milchsäure* arbeiten. Hört sich meeegaaa gefährlich an, ist aber harmlos. Diese Stoffe sind nur in ganz geringen Mengen in den Produkten. Aber diese Mini-Mengen reichen aus, um die verstopften Kackdinger, äh, *Talg*dinger freizuschrubben. Beim Hautarzt oder einem sehr guten Kosmetikstudio kann man seine Haut analysieren lassen und dann das passende Mittel finden.

Du kannst viel gegen die Akne kämpfen, stell dich aber drauf ein, dass du den Kampf nicht gewinnen kannst – du kannst die Pickel nur reduzieren. Da muss man leider durch. Richtig mies, ich weiß. Durchhalten!

BEN ERZÄHLT AUS SEINEM LEBEN

Ich hatte damals auch mit Akne zu kämpfen und hab viele Cremes und Wunderwaschsalben probiert. Ergebnis: Die Pickel wurden schlimmer. Yeah. Dann bekam ich Sitzungen in einem Kosmetikstudio, in dem man mir die Pickel professionell mit so kleinen Metallschlaufen ausdrückte. Das war mal hart unangenehm und ich wollte nur flüchten. Anschließend bekam ich ein Medikament ins Gesicht, was dann mein Kopfkissen verfärbte. Hatte ich keinen Bock mehr drauf.
Ein anderer Hautarzt hatte dann *den* Geheimtipp! Gesichts-Solarium! Also setzte er mich erst mit der linken Gesichtshälfte vor die Kunstsonne und dann ... hat er mich dort vergessen. Alter. Ergebnis: Ich hatte links Sonnenbrand as fuck und rechts weiterhin ein käsiges Gesicht – sowohl von der Farbe als auch vom Fettgehalt, haha. In der Schule war ich dann natürlich das Opfer schlechthin. Könnt euch ja vorstellen, wie sauer ich war.

Das Ende vom Lied: Pubertät vorbei, Pickel vorbei. Man muss also einfach durch; der eine mehr, die andere weniger.

WASCHEN FÜR MÄNNER

Manche machen es vielleicht schon, andere sind es vielleicht noch nicht gewohnt. Spätestens jetzt in der Pubertät gehört es aber dazu: waschen!

«HIER RIECHT'S JA WIE IM PUMAKÄFIG!»

Mit dem Satz kann man wahrscheinlich auch Bullshit-Bingo in der Schule spielen. Jede*r Schüler*in hat ihn (oder einen ähnlichen) schon mal gehört. Bei mir jedenfalls kam der Satz damals grundsätzlich nach dem Sportunterricht … – wer hätte es gedacht.

Leider haben die Lehrer*innen mit diesem Satz total recht. Ich kenne diesen Geruch nur zu gut, seitdem auch ich euch regelmäßig unterrichte. Diese Stinkewolke, die einem ins Gesicht knallt, sobald man in einen Klassenraum voller pubertierender Schüler*innen kommt, erzeugt 'nen spontanen Kotzreiz, echt, #isso. Oder ein Kinderzimmer, in dem ein paar Pubertierende übernachten. Da möchte man von außen schon gegen die Zimmertür göbeln, hahahaha.

Hast du nie gemerkt? Liegt daran, dass ihr diesen Geruch ausblendet, weil ihr euch die ganze Zeit in dieser Stinkewolke befindet. Außerdem ist dein eigener Körper ja auch an der Wolke beteiligt, und daher fällt es dir nicht (mehr) auf.

Aber kennst du die Situation, wenn du in der Bahn oder im Bus sitzt und die Person neben dir total stinkt? Du fragst dich dann, wie um alles in der Welt man nur so dermaßen doll riechen kann, und wann diese Person wohl das letzte Mal geduscht hat. Ist das gleiche Spiel. Nur umgekehrt. Diese Person riecht sich vielleicht selbst nicht mehr, dafür bemerkt sie aber sehr deutlich, dass *du* hart stinkst. 🤭

Wieso stinkt man in der Pubertät?

In der Pubertät beginnt der Körper damit, sämtliche Schweißdrüsen, Talgdrüsen, Fettdrüsen, Ohrenschmalzdrüsen, Arschwasserdrüsen usw. zu aktivieren oder sie mit noch mehr Arbeit zu versorgen. Du hattest diese ganzen Drüsen zwar immer schon, aber manche davon werden eben erst in der Pubertät so richtig aktiv.

Außerdem spielen auch deine Hormone völlig verrückt und sorgen dafür, dass selbst bereits vorhandene Drüsen richtig Kette geben. Das merkst du vielleicht schon in deinem Gesicht, deinen Haaren, unter den Armen und auch zwischen den Beinen. Überall ist einfach viel mehr Flüssigkeit als sonst. Das Gesicht und / oder die Haare sind gegebenenfalls fettiger als früher. Beim Sport schwitzt du mehr, und eventuell stinken deine Füße plötzlich am Abend. Das war früher alles nicht so, fängt mit der Pubertät aber gern an.

Dein Körper reagiert auch auf das, was du isst. Wenn du viele Zwiebeln oder Knoblauch isst, dann riecht dein Schweiß danach – und zwar egal wo. Unter den Armen, aber auch am Penis. Das kann man dann nicht mal «schnell wegduschen», denn der Geruch kommt ja von innen. Der kriecht aus deinen Poren. Manche Menschen verarbeiten auch Spargel ganz merkwürdig, und deren Urin stinkt dann total nach Spargel.

Auch nicht angenehm. Einen Tag vor einem wichtigen Date also lieber nichts in dieser Richtung essen. Schlechter Körpergeruch ist gerne mal *der* Abturner schlechthin.

Wie und wo muss Mann sich waschen?

Wo? Am besten unter der Dusche. 🥁 – Direkt mal mit 'nem mega Brüller losgelegt.
Wie? Mit Wasser *und alle liegen vor Lachen am Boden*. Kann sich kein Mensch ausdenken, wie witzig ich bin ... – nicht.

Ok, also ab heute solltest du dich – sofern du es nicht eh schon tust – jeden Tag waschen. Das muss nicht immer der komplette Körper sein, aber bitte diese Körperstellen:

- den kompletten Kopf (Gesicht und Haare),
- die Achseln,
- gegebenenfalls die Füße,
- den Penis,
- ... und wenn du eh schon da unten bist: deinen Po und dein Po-Loch auch!

Man muss also nicht gleich komplett duschen, aber du merkst bei dieser Liste selbst: Es spart Zeit, sich eben mal flott unter die Dusche zu stellen.

Grobe Faustregeln:

- Wenn du viel geschwitzt hast: ab unter die Dusche.
- Nach 'nem Samenerguss am besten die Nudel und die Hände waschen; spätestens am nächsten Morgen. 😎
- Gesicht sollteste auch morgens und abends waschen.

Welches Dusch-/Waschgel soll ich benutzen?

Wenn du es richtig professionell machen willst, kannst du dir für jedes Körperteil ein eigenes Duschgel zulegen: ein reinigendes Peeling-Gel fürs Gesicht. Ein spezielles Shampoo, das für deine Haare und Kopfhaut passend ist. Ein erfrischendes Duschgel für den Körper und ein hautneutrales Duschgel für den Dödel. Man(n) kann es sich aber auch einfach machen und ein einziges für alles nehmen. Yolo.

Deinen Penis solltest du allerdings lieber nur mit klarem Wasser oder mit einem sogenannten PH-haut*neutralen* Duschgel waschen (nicht nur PH-haut*freundlich*!). Auf diesen Duschgels steht auch gerne so was wie *med* oder *sensitiv* drauf – das heißt aber nichts! Also unbedingt genau auf die Verpackung schauen, ob da PH-haut*neutral* steht.

Warum haut*neutral?* Die normalen Duschgels riechen zwar unfassbar gut und reinigen deinen Körper eventuell porentief, aber sie sind für deine empfindlichen Stellen (damit meine ich deinen Lörres) wie Scheuermilch. Wenn man solch «aggressives» Duschgel für den Penis benutzt, kann das auf Dauer den natürlichen Schutzfilm der Penishaut angreifen, und dadurch können sich Bakterien/Pilze dort besser ansiedeln. Ein haut*neutrales* Duschgel macht das nicht und riecht dennoch gut oder zumindest hygienisch.

Hol dir also ein geiles Duschgel deiner Wahl und wasch den Pimmel nur mit klarem Wasser – oder hol dir zusätzlich für den Penis noch was Haut*neutrales*.

Muss ich unter der Vorhaut waschen?

Ja! Gerade dort. Unter der Vorhaut sammeln sich Bakterien, Schweiß, Reste vom Urin und Reste vom Sperma an. Das alles vermischt sich zu einem ekelhaften Brei. Dazu sagt man auch gerne mal «Eichelkäse» (Dick-Cheese). Der stiiinkt bestialisch und kann sich im blödesten Fall entzünden.

Bedeutet also, wenn du unter der Dusche stehst, ziehst du mit einer Hand die Vorhaut so weit nach hinten, wie es geht, und mit den Fingern der anderen Hand kannst du vorsichtig versuchen, die matschige Plörre von der Eichel und Vorhautinnenseite zu wischen. Ja, ich weiß, deine Eichel ist in der Pubertät noch super empfindlich, das legt sich aber mit jedem Mal. Reibe einfach «so viel wie möglich, so wenig wie nötig.»

Du bekommst deine Vorhaut nicht zurück? Spätestens mit 15, 16 soll das funktionieren. Wenn du jünger bist, kann das noch durchaus so sein, dann ziehst du sie eben so weit zurück, wie es ohne Schmerzen geht. Warum man die Vorhaut zurückziehen können muss, lernst du auf **Seite 50 f.**

Ich wasche mich wirklich, mein Penis stinkt trotzdem!

Jeder Genitalbereich hat seinen ganz eigenen Geruch. In der Pubertät kann dieser Geruch auch was stärker sein, da muss man durch. Wenn du dich regelmäßig überall wäschst, dann machst du alles richtig und musst den Restgeruch einfach akzeptieren. Das bist du, und das geht auch mit extrem viel Waschen, Duschgel und Parfum nicht weg. Parfum gehört sowieso nicht ans Gemächt, denn die Kombination von Genitalgeruch und Parfum kann alles noch viiiel unappetitlicher machen. Erkläre ich gleich noch genauer.

Kein Parfum oder Deo an den Dödel!

Gaaaanz wichtig! Man glaubt zwar, dass Deo und Parfum auch untenrum gut riechen müssten, aber: Pustekuchen! Ist genau andersrum. Solch stark riechende Produkte können zusammen mit dem Genitalgeruch richtig abartig stinken. Also bitte nichts in den Schritt sprühen!

Vielleicht noch wichtiger ist aber, dass Parfum und Deo Stoffe enthalten, die die empfindliche Haut extrem reizen und dann brennen. Wie auch Duschgel kann Parfum deinen natürlichen Schutzfilm untenrum angreifen und somit Bakterien und Pilzen Tür und Tor öffnen.

Wenn überhaupt, also wenn du uuunbedingt wirklich untenrum etwas hinsprühen möchtest, dann bitte nur auf die Außenseite deiner Unterhose und nicht *in* die Unterhose – und am besten nur auf den Arsch oder unter den Sack.

Ab jetzt: Deo benutzen!

Nach'm Duschen kommt ab heute Deo unter die Arme! Ok, wenn du abends vor'm Schlafengehen duschst, dann brauchst du für die Nacht kein Deo. Aber wenn du morgens duschst, dann schmierst oder sprühst du dir ab heute fein Deo in die Achseln! Und, Deo kommt auf die Haut! Nicht aufs T-Shirt! Hab ich oft genug in der Schule erlebt, dass ihr euch das Deo aufs Shirt sprüht, statt unter die Arme. Davon wird der Schweißgeruch nicht weniger, sondern vermischt sich mit dem Deo – und das kann richtig fies stinken.

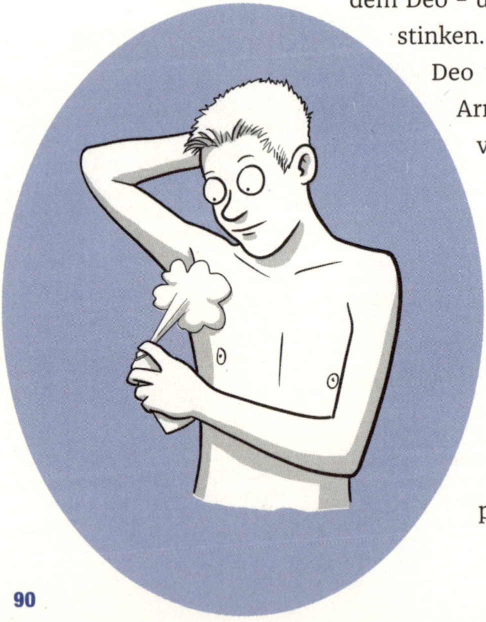

Deo wirklich nur unter den Armen verwenden und vielleiiiiicht mal so kurz über den Oberkörper. Aber auch nur wirklich kurz! Drei Sekunden pro Seite sind *oft schon zu lang*! Deo aufsprühen muss so 'ne lässig-beiläufige Aktion sein. *Pffffffft* links, *pffffffffft* rechts, *pfft* Körper. Anziehen.

Welches Deo brauche ich denn?

Das muss man echt ausprobieren. Jedes Deo (Parfum übrigens auch) riecht je nach Körpergeruch anders. Das heißt, dass einige Jungs mit Deo A total gut riechen, aber dasselbe Deo bei anderen total komisch riecht. Das dauert etwas, bis man für sich sein optimales Deo herausgefunden hat.

Ihr könnt euch in der Drogerie ja mal vors Deo-Regal stellen und alle Deos durchriechen. Macht das aber vernünftig und nervt damit niemanden. Die preiswerten sind oft schon völlig ausreichend! Denn auch wenn die teuren mit «72 h-Wirkung» werben, dann ist das eine pure Werbe-Lüge! Kein Deo der Welt hält 72 Stunden! Nein, nicht mal 24 Stunden! Ooookaaaay, wenn man sich 72 Stunden nicht bewegt und nur still auf dem Bett liegt, dann vielleicht. Aber in der Realität wirkt kein Deo, also wirklich KEIN DEO, über einen so langen Zeitraum!

Profi-Tipp: Damit ihr im Laden nicht alle Deos absprühen müsst (das finden die Verkäufer*innen auch richtig kacke), schaut mal nach der Schmier-Variante. Von jedem Sprüh-Deo gibt es in der Regel auch ein Schmier-Deo. Diese riechen exakt wie das Sprüh-Deo, und man kann unauffälliger dran riechen. Sollte es kein Schmier-Deo geben, gibt es aber bestimmt ein dazu passendes Duschgel, das exakt gleich riecht. ☝

Das waren viele Infos, aber im Grunde ist es total einfach: Beim Duschen überall (!) waschen und anschließend Deo unter die Arme. Fertig. Schaffste, ne?

MEIN KLEINER PUMAKÄFIG

[Anrede. Beispiel: «Hört mal» oder «Hey Eltern»]

Der Gedanke der offenen Tür mag ja ganz toll sein. Kann mir auch vorstellen, dass das für euch angenehm ist, direkt mit mir reden zu können, zu sehen, was ich gerade so mache, und an meinem Leben teilhaben zu können.

Derzeit bin ich oft aber echt froh, wenn ich mit mir selbst klarkomme. Da brauche ich keine Beobachter. Ich will einfach nur für mich chillen und gucken, worauf ich Bock habe.
Und das: alleine!

Die krasse Unordnung oder die eventuell starke Geruchsbelästigung wird sich auch irgendwann wieder legen. Pubertät, is nur eine Phase, blabla. Der soziale Druck wird das schon korrigieren ... jedenfalls sagt das dieses Buch. 😅 Und eure eigene Erfahrung, oder?

Meine Bitte: Lasst meine Tür zu, wenn sie zu war, bzw. schließt sie wieder, wenn ihr geht. Ich komme auch nicht ins Badezimmer, während ihr gerade auf'm Klo sitzt, und lasse die Tür beim Gehen auf.

Ich verspreche euch auch, dass ich ab und zu mal lüfte.
Irgendwann.

[Dein Name]

INTIMRASUR

Sollte ich mich untenrum rasieren?

Früher oder später beschäftigt einen dieser Gedanke ja schon, ne? Entweder, weil man sich im Freundeskreis darüber unterhält oder man bei den anderen nach'm Sport unter der Dusche keine Haare sieht. Spätestens aber dann, wenn auf Pornobildern oder in Pornovideos nur Darsteller mit wenig oder gar keinen Haaren zu sehen sind.

Da ist man gerade so stolz auf den frischen männlichen Busch, und schon sagt einem die Gesellschaft, dass die Haare wegmüssen.

Aber nein, sie *müssen* nicht weg! Jeder Mensch entscheidet komplett für sich selbst, ob er seine Schamhaare so lässt, ob er sie kürzt oder gar ganz abrasiert. Du entscheidest ja auch, welche Farbe deine Schuhe haben sollen oder welches Spiel du zocken willst. Also entscheidest du genauso, welche modische Frisur du untenrum trägst. Wenn du darauf Bock hast, kannste dir einen Blitz oder ’n Herz reinrasieren. Dauerwelle wäre auch ’ne Idee ... – ach Moment, haste ja schon da unten.

Warum rasieren sich so viele?

Das ist wohl so ’n Gruppen-Ding. «Wenn alle es machen, dann mache ich es auch.» Sollten jetzt alle Jungs aus deinem Freundeskreis oder sämtliche Männer unter der Gemeinschaftsdusche beim Schwimmen voll den Busch untenrum haben (oder eben auch andersrum), würdest du dir über ’ne Intimrasur auch (keine) Gedanken machen. Wichtig ist nur, dass dir selbst dein Pimmel und die Haarlänge gefallen!

Was muss ich beim Rasieren beachten?

Die allerwichtigste Regel: vorsichtig sein! Gerade bei den ersten Malen! Du hantierst da schließlich mit empfindlichen Geräten an deinen scharfen Körperteilen herum, nee, andersrum, mit scharfen Geräten an empfindlichen Körperteilen. So. Wenn du dich dort schneidest, kann das sehr stark bluten. Ganz zu schweigen von den brutalen Schmerzen natürlich. 😲

Damit du dich beim Rasieren nicht schneidest, solltest du also drauf achten, die betreffende Hautpartie immer, immer so glatt wie möglich zu ziehen! Deine freie Hand kann das erledigen. Falls das nicht reicht, musste dich halt im Spagat auf die Wanne setzen, hehe. Das meine ich tatsächlich ernster, als es klingt. Versuche immer, die Haut so straff wie möglich zu ziehen, damit sich keine Hautfalte in den Schneideblättern des Rasierers verfängt. Es ist also keine Seltenheit, dass wir alle beim Untenrum-Rasieren komische Verrenkungen machen und in absolut lächerlichen Posen im Badezimmer stehen.

«Auf die Wanne setzen» ist eh ein gutes Stichwort: Auch wenn ihr meint, dass ihr ja «noch gar nicht so viele Haare habt», macht das Rasieren trotzdem ordentlich Dreck. Vor allem aber das ganze Blut!!! Scheeeerz!

Also allein wegen der herunterfallenden Haare am besten direkt in die Wanne/Dusche stellen und sich dort rasieren. Das kann man dann anschließend alles spurenfrei wegduschen und keiner schöpft Verdacht, wenn ihr gründlich seid.

Mit was bekomme ich die Haare am besten weg?

Das kommt drauf an, was das Ziel ist, sprich: welche Länge. Die einzigen Optionen sind da wohl: Schere, Bart-Rasierer, ~~Kettensäge~~, Gesichts-Rasierer und Enthaarungscreme. Bitte auf keinen Fall Kalt- oder Warmwachsstreifen benutzen! Erstens tun die höllisch weh, und zweitens sind die nur für dickere Hautstellen gedacht! Im schlimmsten Fall zieht man sich mit den Wachsstreifen direkt die obere Hautschicht mit ab. Also wieder zurück zu den «normalen» Dingen:

Schere

Damit kannst du wunderbar üben und dich langsam an deine Wunschlänge herantasten. Schneid erst mal nur die Haarspitzen und probier immer etwas kürzer und kürzer. So lang, bis du damit glücklich bist. Ob du die Haare vorher kämmst oder nicht, ist völlig egal.

Bart-Rasierer

Solch ein Rasierer sieht aus wie der Rasierer beim Friseur, mit dem man deine Seitenhaare abrasiert. Das Kluge an so 'nem Gerät ist, dass der Aufsatz vorne drauf immer den gleichen Abstand hält. So werden die Haare alle gleichmäßig lang und man kann sich nicht schneiden. Es ist also gleichzeitig auch eine Art Schutz - sofern man sich nicht völlig dämlich anstellt. Anschließend solltest du den Rasierer gut abputzen / die Klingen spülen, weil der nächste Benutzer bestimmt nicht deine Pimmelhaare im Gesicht haben will - und du selbst ja vielleicht auch nicht. 😎

Klassischer Klingenrasierer

Damit meine ich das Ding, womit man sich auch das Gesicht rasiert. Mit dem Teil wird es natürlich schön glatt, weil der wirklich alle Haare bis auf den Grund abrasiert. Allerdings ist hier das Verletzungsrisiko auch am höchsten! Vor allem, wenn du dir damit über die faltige Sackhaut fährst.

Das sollteste sowieso nicht einfach so machen. Zu einem Klingenrasierer (auch *Nassrasierer* genannt) gehört immer auch Rasiergel, Rasierschaum oder im Notfall: Duschgel.

Außerdem kann es bei dieser Rasiermethode passieren, dass die nachwachsenden Haare extreeem jucken und kleine rote Pickel entstehen. Die sehen zudem richtig mies aus. Als hätte man einen Hautausschlag.

Dazu gibt es aber den absoluten Profi-Tipp: Das Jucken wird zwar bleiben, aber man bekommt erheblich weniger (gar keine?) roten Pickel, wenn man ausschließlich mit der Haarwuchsrichtung rasiert! Heißt, den Rasierer immer nur in die Richtung über die Schamhaare schieben, in die die Haare wachsen. (Pssssst, Schamhaare wachsen eigentlich immer zum Penis hin.) Dadurch wird es zwar nicht so glatt wie ein Babypopo, aber man bekommt eben auch keine roten Pickel. Diese Pickel bekommt man immer dann, wenn Haare zu tief abrasiert werden und sich die nachwachsenden Haare unter der Haut entzünden.

Auch Babypuder kann nach der Rasur helfen, damit sich keine roten Pickel entwickeln.

Enthaarungscreme

Mega gründlich, aber leider auch sehr aggressiv für die Haut. Gerade eure junge Haut könnte dafür zu empfindlich sein. Das Gute an der Creme ist, dass man sich damit einfach nur einschmieren muss, eine bestimmte Zeit wartet und sich dann unter der Dusche einfach die Creme inklusive der Haare vom Körper schabt. Man muss sich also nicht groß verbiegen und vorsichtig mit dem Rasierer in unmöglichen Positionen herumhantieren, sondern macht sich 'ne Ladung auf die Finger und schmiert die Creme überall dort hin, wo man keine Haare mehr haben will. Sack, Damm, Arschloch, feel free.

WICHTIG: *Enthaarungscreme ist pure Chemie! Das Zeug ist nicht harmlos!* Diese Cremes sind so aggressiv, dass sie die Haut schnell verätzen können. Daher muss man unbedingt gründlich die Gebrauchsanweisung lesen und auf keinen Fall länger auf der Haut lassen, als dort angegeben ist! Das ist superwichtig! Gerade bei den ersten Malen muss man ganz, ganz, ganz deutlich auf seinen Körper hören. Sobald man merkt, dass sich irgendwas nicht mehr gut anfühlt, und es zum Beispiel anfängt zu brennen, sofort gründlich abwaschen! Wer die Creme länger drauf lässt, riskiert starke Verätzungen! Das ist super unangenehm, und man hat tagelang was davon.

Wenn man die Creme dann schön abgeduscht hat und sich über seine glatte Haut freut, kann man zusätzlich noch etwas Babypuder überall dort draufmachen, wo die Enthaarungscreme war. Das hilft der Haut enorm dabei, sich nach der Chemiekeule zu beruhigen.

Wie lange bleiben die Haare weg?

Das hängt natürlich ganz von deinem Haarwachstum ab. Fakt ist aber: Eure Haare wachsen nicht schneller, weil ihr euch rasiert. Das ist ein Mythos, den man sich heute zwar immer noch erzählt, der aber nicht stimmt.

Sicher ist nur, dass sie immer und immer wieder nachwachsen. Egal, wie man sich enthaart. Daher kann man eigentlich bei der Haarentfernung nicht viel falsch machen und einfach mal «ausprobieren».

DO IT YOURSELF

Kommen (haha, er hat «kommen» gesagt) wir zu einem super Thema. Selbstbefriedigung. Irgendwann kommt die Zeit, da wandert die Hand schneller ans eigene Genital, als ihr gucken könnt … Das will aber irgendwie «niemand» zugeben, weil es nach wie vor ein «Schmuddelthema» ist. Komisch eigentlich. Also gehen wir mal in die Schmuddelecke und schauen uns dort in Ruhe um.

SELBSTBEFRIEDIGUNG

Ich hau's mal direkt raus! Ohne Witz: Jede*r macht es! Also jeder und jede fummelt regelmäßig bis zum Orgasmus an sich rum! #isso

Fakt ist tatsächlich: Jeder Mensch wird sich oder hat sich schon mal selbst befriedigt!

Du machst es.

Deine Mitschüler*innen machen es.

Dein Bruder und deine Schwester machen es.

Die Leute im Laden an der Kasse machen es.

Eure Lehrer*innen machen es ... und eure Eltern machen es auch! Hahaha, jetzt ist die Stimmung endgültig auf'm Nullpunkt.

Einzig und allein asexuelle Menschen machen es je nach Ausprägung nicht. Sonst wirklich jeder (Asexualität? Erkläre ich auf **Seite 210**).

So, da nun die Katze aus'm Sack ist, kann man das ganze Thema mal mit anderen Augen betrachten.

Warum macht man das überhaupt?

Weil. Es. Geil. Ist.

Ist doch so! Es ist ein schönes Gefühl. Danach ist man mega entspannt. Man kann sich wieder auf andere Dinge konzentrieren oder auch besser pennen. Ein willkommener Zeitvertreib isses auch, machen wir uns nichts vor. Wir kennen das alle: Vor den Hausaufgaben erst mal schön ein' wegbuttern ...

Lasst euch im Übrigen nichts von euren Mädels erzählen: Die machen es sich auch! Mädchen onanieren im Durchschnitt zwar erst etwas später als Jungs, aber ein paar Mädchen aus deiner Klasse machen es bestimmt auch jetzt schon regelmäßig! Ernsthaft.

Ab wann darf man überhaupt onanieren?

Für Selbstbefriedigung gibt es keine Altersbeschränkung. Selbst kleine Jungs, die vielleicht erst fünf Jahre sind, haben schon zwischendurch den Reflex, sich an den Penis zu fassen. Einfach nur, weil es sich irgendwie gut anfühlt. Die haben zwar noch keinen Plan, was da passiert, aber sie tun es trotzdem. Das ist vollkommen ok.

Genauso ok ist es also auch, wenn du dich nun in der Pubertät bewusst und strategisch ausgefeilt selbstbefriedigst.

Vielleicht sage ich lieber noch mal dazu, dass auch dies bei jedem Menschen anders ist! Manche Jungs onanieren schon ganz bewusst mit zum Beispiel neun Jahren, andere entdecken ihre Gurke erst mit 15 für sich. Die einen legen sich dabei auf den Rücken und rubbeln nur mit Daumen und Zeigefinger, andere legen sich auf den Bauch und reiben sich einfach an der Matratze. Wieder andere tun so, als versuchten sie mit ihrem Penis Feuer zu machen, und ganz Abenteuerlustige setzen sich auf die laufende Waschmaschine, kneten sich die Brust und vögeln das Kuscheltier. WAIT WHAT?! 😲

Jeder Mensch hat seine eigene Art und Weise der Selbstbefriedigung; dabei gibt es kein «Richtig» oder «Falsch». Das Ziel ist das Ziel. Egal über welchen Weg!

Wie oft darf man(n) onanieren?

Du meinst wegen: «Nach 1000 Schuss ist Schluss» oder so was? Das ist ein Mythos. Heißt, es ist nicht wahr. Solche Sachen werden gern mal erzählt, um Jungs Angst zu machen. Von diesen Mythen gibt es einige, dazu kannste auf **Seite 138 f.** noch mehr lesen. Diese ganzen Sprüche kommen alle aus einer Zeit, in der es mega verpönt war, über Sex zu reden, überhaupt Sex zu haben oder sich selbst anzufassen. Einzig erlaubt war Sex, um ein Kind zu zeugen. Aber Sex zum Spaß? Auf keinen Fall! Da gibt es echt dunkle Kapitel in der Geschichte. Der ganze Beschneidungswahn in Amerika basiert ursprünglich übrigens auch darauf, den Kindern durch die Beschneidung die Selbstbefriedigung zu erschweren. Und die Sprüche aus diesen Zeiten halten sich komischerweise bis heute.

Fazit: Man darf so oft und so lang wichsen, wie man will! Ok, also so lang, wie es der Penis mitmacht. Wenn deine Nudel irgendwann wundgerubbelt ist und es nur noch schmerzt, dann wäre es mal ganz ratsam, zwei Tage Pause zu machen. Solange du aber keine Schmerzen dabei und Bock hast, kannste an deiner Lendenlafette spielen, wie du lustig bist. Vollgas.

Ist es schlimm, zu wichsen?

Ganz klar: nee! Selbstbefriedigung ist sogar gut für dich! Durch sie kannst du dich auf eine tolle Art entspannen und lernst gleichzeitig deinen Körper besser kennen. Du lernst, was dir gefällt und was dir so gar nichts bringt.

Zu wissen, welche Stellen sich an deinem Körper gut anfühlen und welche nicht, ist extrem hilfreich, wenn du später Sex mit einer anderen Person hast. Dann kannste nämlich direkt sagen: «Mach mal mehr *hier*!» oder eben: «Nee, *da* bringt's mal gar nichts.» Das spart einigen Frust beim Sex. Es ist also ganz clever, dich bei der Selbstbefriedigung auch mal woanders und auf eine andere Art zu berühren und zu schauen, was das mit dir macht.

Außerdem hat es gesundheitliche Vorteile. Du hältst deinen Körper fit! Einerseits hilft's im Kopf: Psychische Spannungen oder sexuelle Frustrationen werden abgebaut. Sprich, euer Hirn chillt danach. Das Herz-Kreislauf-System kommt in Schwung. Außerdem hilft Masturbation bei Jungs und Männern, das Prostatakrebs-Risiko zu verringern. Darüber hinaus werden die Prostata und die dazugehörenden Drüsen mal durchgespült. Und: Wichsen macht glücklich! *Das* wäre doch mal ein cooler T-Shirt-Spruch, haha.

Selbstbefriedigung ist aber so 'n Ding zwischen dir und … na ja, dir. Man rennt also nicht wild onanierend durch die Wohnung oder über den Schulhof und zeigt jedem sein Teil. Das will nicht jede*r sehen. Selbstbefriedigung ist eine intime Sache, die man mit sich selbst ausmacht. Wenn du zum Beispiel im Bett stehst oder unter der Dusche liegst, nee, andersrum.

Ein Schulfreund von mir hat sich mal auf der Couch im Wohnzimmer einen geschrubbt, als seine Eltern daneben saßen (unter seinen Klamotten)! Einerseits musste erst mal die Eier in der Hose haben, so was durchzuziehen, aber andererseits ist das echt unnötig. Wäre also ganz clever, nur dann zu wichsen, wenn du allein bist ... oder wenn Personen dabei sind, die sich auch gerade einen runterholen. Äh, what?!

Gemeinsam und gegenseitig wichsen = schwul?

Viel mehr Jungs, als es zugeben, haben schon mal gemeinsam oder sich sogar gegenseitig gewichst. Ja, das gibt es, und das ist überhaupt nicht schlimm! Und nein, davon wird man *nicht* schwul. Kein Mensch kann schwul *gemacht* werden. Entweder man *ist* schwul oder man ist es *nicht*. Man braucht davor also keine «Angst» zu haben, durch gegenseitiges Schleudern schwul zu werden. Selbst wenn es nicht nur beim gegenseitigen Wichsen bleibt und ihr vielleicht auch direkt noch weitere Dinge ausprobiert, wie Blasen, Knutschen etc. (zum Thema *Schwulsein* gibt's übrigens auch ein eigenes Kapitel ab **Seite 188**).

Die Statistik auf **www.jungsfragen.de** zeigt derzeit beispielsweise, dass ca. 49 Prozent aller Jungs mit 'nem guten Kumpel gemeinsam wichsen und ca. 39 Prozent es sich sogar gegenseitig machen (würden). Bedeutet also, dass – grob gesagt – jeder dritte Junge mit einem Freund zusammen oder beide sich gegenseitig wichsen. Jeder Dritte! Kannst auf'm Schulhof ja mal durchzählen. 🤭

Aber waaaaruuuum wichsen Jungs zusammen?

Sich *zusammen* einen zu wichsen, schafft irgendwie ein Gruppen- oder Zusammengehörigkeitsgefühl. «Wir sind so gute Bros, wir wichsen sogar gemeinsam.» Na ja, irgendwie so in die Richtung. Eine viel wichtigere Rolle spielt hier aber eine große Portion *Neugier* und auch *eigene Unsicherheit.* Man will sich vergleichen. «Wie sieht der (steife) Penis von ihm aus? Ist der größer oder kleiner als meiner? Hat er ’ne andere Wichstechnik? Wie viel Sperma kommt bei ihm raus?» Diese Fragen stellen sich super viele Jungs. Alle behaupten zwar immer, dass sie daran noch niiiiie gedacht haben und ihnen andere Schwänze völlig egal sind, aber wenn es plötzlich zu ’nem kleinen Schwanzvergleich kommen sollte, ist die Hose bei einigen dann doch schneller unten, als man gucken kann.

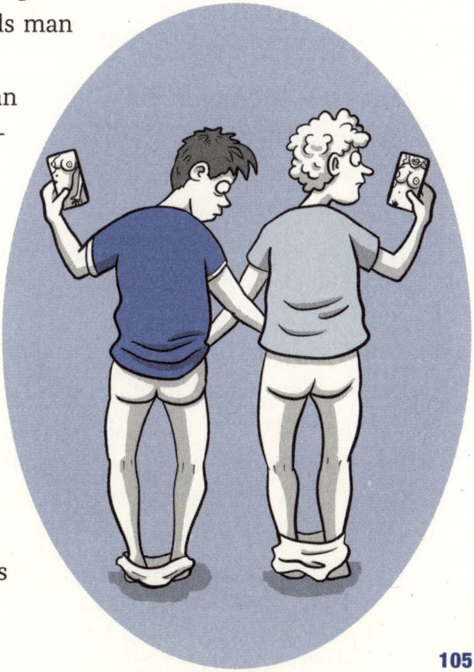

Na ja, und wenn man für den Schwanzvergleich eh schon gemeinsam wichst, dann kaaann es auch passieren, dass man plötzlich den Pimmel vom Schulfreund in der Hand hat oder er seine Hand an deiner Latte. Auch hier spielt wieder die Neugier eine Rolle: «Wie fühlt sich ein anderer Penis an? Ist er härter oder weicher als meiner? Ist es anders, mit/ohne Vorhaut zu wichsen?» Und natürlich auch umgekehrt: «Ist es geiler, wenn mir eine andere Person einen wichst? Kommt mehr raus, wenn ich es nicht selber mache? Komme ich schneller, wenn es jemand anders macht?»

Es sich *gegenseitig* zu machen, interessiert weniger Jungs als das *gemeinsame* Wichsen, aber wenn man eh schon nebeneinander die Milch schlägt, dann kann es eben sein, dass einer von beiden den Mut hat, den anderen zu fragen, ob man es mal gegenseitig ausprobieren will. Je nachdem, wie sehr man dann bereit ist, die eigene Neugier zu befriedigen (höhö), kann man diesen Vorschlag dann annehmen oder nicht. Worauf ich hinauswill: Es ist nicht schlimm, wenn es passiert. Aber es *muss* auch nicht sein. Mach also nur das, womit du dich wohlfühlst.

Wie bekomme ich meinen Kumpel zum gemeinsamen Wichsen?

Ganz viele Jungs haben mich wirklich schon gefragt, wie sie ihren Kumpel dazu überreden können. Das Interesse scheint also auch bei heterosexuellen Jungs eindeutig vorhanden zu sein.

Wie dir das gelingt, ist natürlich für mich unmöglich zu sagen, denn es gibt dafür keinen «goldenen Satz» oder eine «magische Formel». Das ist immer von eurer Freundschaft, eurem Umgangston und eurer grundsätzlichen Einstellung zum Thema Selbstbefriedigung abhängig. Was wir aber oben gelernt haben, hilft dir auch in dieser Situation weiter: das Wissen, dass jeder dritte Junge Interesse daran hat! Die Wahrscheinlichkeit, dass dein Kumpel zustimmt, ist also recht hoch.

Es ist zwar einfacher gesagt als getan, aber im Grunde musst du nur eine vertrauensvolle, gemütliche Situation schaffen. Ihr müsst irgendwie auf's Thema *wichsen* kommen (was ja in eurem Alter nicht wirklich ein Problem sein sollte), und dann muss einer von beiden die Eier in der Hose haben und fragen. Anders wird es nicht funktionieren ... – oder ihr guckt einfach gemeinsam mein YouTube-Video «Sexytime #19» und wartet bis zum Ende, hehe. 🤭

WICHTIG IST: Mach was du willst!

Noch mal in aller Deutlichkeit: Gemeinsam oder sich gegenseitig zu wichsen ist keine Pflicht! Wenn du darauf keinen Bock hast oder es irgendwie eklig findest, dann ist das so und dann musst du es auch nicht machen! Ich sage lediglich, dass du davon nicht automatisch schwul wirst und dass es nicht schlimm ist, wenn du dieses Interesse hast – auch, wenn du nur auf Mädchen stehst. Es gehört eben bei vielen, vielen, vielen Jungs zur Pubertät dazu.

Wer glaubt denn so was?
Mythen über Selbstbefriedigung

«Man wird davon blind!» Haha, nein. Vielleicht verschwimmt während des Orgasmus kurz die Sicht, aber ansonsten passiert da nichts mit den Augen. Auch nicht in ein paar Jahren.

«Man bekommt Lepra und Krebs!» Ähm, nee. Der Pimmel wird dabei höchstens so rot wie ein Krebs, aber mehr nicht.

«Man bekommt einen krummen Rücken!» Das Einzige, was beim Wichsen krumm ist, ist der Dödel – sofern man nicht glücklicher Besitzer eines kerzengeraden Glieds ist.

«Man bekommt davon Pickel!» Clever, aber nein. Früher dachte man: *Jugendliche onanieren* und *Jugendliche haben Pickel.* Bäm, passt! Reicht als Beweis. Das eine hat mit dem anderen aber nichts zu tun.

«Man bekommt krumme Finger!» Richtig, während des Masturbierens sind die Finger gekrümmt. Danach aber elegant gerade wie vorher.

«Man bekommt Haare auf den Handinnenflächen!» Hahaha, wie dämlich das aussehen würde. Jeder, wirklich jeder Mensch hätte Haare auf den Handinnenflächen, wenn das stimmen würde.

«Man bekommt schiefe Zähne!» Wenn man einigen Menschen während des Orgasmus ins Gesicht schaut, sind da nicht nur die Zähne schief im Gesicht.

«Nur Jugendliche befriedigen sich selbst!» Ich garantiere: nein! Das lassen wir einfach mal so stehen.

«Man hat nur 1000 Schuss, dann ist Schluss!» Da spreche ich aus eigener Erfahrung: Nein, man hat deutlich mehr. 😎 Die 1000 Schuss wären in meiner ersten Pubertätshälfte schon verbraucht gewesen …

Noch mal zur Sicherheit: Selbstbefriedigung hat keinerlei negative Auswirkungen, lasst euch nichts erzählen!

Beim Wichsen erwischt!

Haha, mega peinlich. Oh, da möchte man nur noch im Boden versinken! Gerne stehen dann ja die Leute, die einen erwischt haben, auch noch vor einem rum und fragen sinnbefreit: «WAS MACHST DU DENN DA?» Als ob sie das nicht wüssten.

Aber beruhig dich! Am Ende ist es kein großes Ding, auch wenn der erste Schock groß und es allen Beteiligten mega peinlich ist.

Wir wissen ja jetzt, dass es wirklich jeder Mensch macht. Soll heißen, die Person, die euch dabei erwischt hat, macht es auch! Glaub mir: Dieser Person ist es genauso unfassbar peinlich wie dir.

Was du jetzt machen sollst? Na, nichts. Entspann dich. Wenn du kannst, wichs' noch zu Ende, haha. Jetzt kannste es eh nicht mehr ändern. Wenn du der Person dann wieder begegnest, hilft ein verschmitztes Lächeln. Geh gar nicht auf das Thema ein. Tu so, als sei nichts gewesen. Falls deine Eltern jetzt auf die dumme Idee kommen, dir erzählen zu wollen, dass man das nicht macht, weißt du es ja inzwischen besser. Von daher ist es zwar im Moment unangenehm, aber nach ein paar Wimpernschlägen interessiert es keine Sau mehr.

Einen megaguten Vorteil hat es auch: Ab jetzt wird diese Person immer vorher anklopfen! ☝️

BEN ERZÄHLT AUS SEINEM LEBEN

Ich selbst wurde auch schon mal erwischt. Also *glaube* ich zumindest. Ich bin mir nicht sicher, denn als ich so 14 war, habe ich nachts in meinem Zimmer noch Fernsehen geguckt und mir nebenbei einen gekeult. Ich muss mich selbst aber so gelangweilt haben, dass ich tatsächlich eingepennt bin. So schlecht muss man dabei erst mal sein! Bin also ohne Bettdecke und mit Dödel in der Hand eingepennt. Geil. Am nächsten Morgen war ich schön zugedeckt und mein Fernseher komplett ausgeschaltet. Also so richtig aus. Nicht nur Fernbedienungs-Aus, sondern Hauptschalter-Aus. Es muss also jemand in meinem Zimmer gewesen sein und den Fernseher ausgeschaltet haben ... – und ich liege da. Schön einsatzbereit mit der Lanze in der Hand.

GEBT MIR EIN PAAR SEKUNDEN MEHR!

[Anrede. Beispiel: «Yo Eltern» oder «Herzallerliebste Erzeuger»]

Ich weiß, dass ihr früher immer in mein Zimmer gekommen seid, um zu schauen, was ich so spiele oder ob ich noch lebe. Mittlerweile habe ich das mit dem selbständigen Atmen schon ganz gut drauf, ebenso habe ich gelernt, in unordentlicher Umgebung zu überleben – also meinem Zimmer [bitte ggf. streichen, wenn das nicht zutrifft]. Dafür entdecke ich gerade meine Privatsphäre und find die auch ganz geil.

Machen wir es kurz: Bitte klopft an, bevor ihr in mein Zimmer kommt! Und zwar so, dass man auch Zeit hat, zu reagieren! Sprich, nicht klopfen und währenddessen schon die Tür aufreißen!
Bitte gebt mir Zeit, zu entscheiden, ob euer Besuch gerade passt oder nicht. Flippt nicht aus, wenn ich sage: «Gerade nicht!» Auch die spätere Frage: «Was haste denn vorhin in deinem Zimmer gemacht?» endet wahrscheinlich in den meisten Fällen für beide Seiten mit einem peinlichen Schweigen!
Ich platze nicht in euer Schlafzimmer, und ihr platzt bitte nicht einfach so in mein Zimmer. Ihr seid weiterhin willkommen, nur eben manchmal erst später.

[Dein Name]

PORNOS

Oha, jetzt kommt auch noch *das* Thema dran. Ja, auch darüber müssen wir mal sprechen. Also, Hose runter, Brüste auf den Tisch: Jeder hat schon mal oder wird irgendwann Pornos gucken. Fakt. Ist wie mit der Selbstbefriedigung.

Klar, warum auch nicht? Pornos sind vielfältig. Pornos sind extrem gute Wichsvorlagen. Ständig gibt es neue. Sie beflügeln die Fantasie und das, was man da zu sehen bekommt, lässt einem ja sofort das Blut in die Körpermitte schießen. Insofern spricht eiiiiiigentlich nichts gegen Pornos. Aaaaaaber …!

Was sind Pornos eigentlich?

Das ist schnell gesagt: Pornos sind Bilder oder Filme, in denen man deutlich sieht, wie zwei oder mehr Menschen Sex haben.

Pornos sind Spielfilme. Ja, so muss man diese Filme sehen. Wenn ihr einen «richtigen» Film im Kino oder Fernsehen seht, dann glaubt ihr ja auch nicht, was da passiert. Ihr wisst, dass das alles Schauspieler*innen sind, dass die Explosionen durch Spezialeffekte hergestellt wurden und man sich im wahren Leben nicht 20 Minuten auf die Fresse hauen kann und danach noch immer wie das blühende Leben aussieht.

All das ist im Porno auch so! Ok, im Porno explodiert selten was und es gibt in der Regel keine Kampfszenen, aber selbst wenn, ist auch das gespielt. Mit anderen Worten: In Pornos wird geschummelt, was das Zeug hält.

Die Darsteller*innen werden knallhart aussortiert. Da kommen meinetwegen 30 Leute zum Casting. 30 Leute also, die in dem Porno mitspielen möchten. Alle müssen sich ausziehen und man schaut, wer den nach Pornomaßstäben (!) attraktivsten Körper hat. Danach wird geschaut, an welchem schönen Körper noch der längste und tollste Dödel und die größten Brüste hängen. Die Männer bekommen eine Potenzpille, damit die Nudel auch die ganze Zeit steif wie ein Stahlrohr ist, und die Frauen schmieren sich 16 Kilo Make-up auf den ohnehin oft operierten Körper. Danach wird zwar real gevögelt, aber absolut nicht realistisch. Das Ganze dauert im Porno anscheinend stundenlang, denn die Pausen werden rausgeschnitten. Es werden 32 Stellungen ausprobiert und die wildesten Posen. Zum großen Finale stöhnt sich die Frau völlig übertrieben ins nächste Opernhaus, während der Mann Unmengen von Sperma im Raum (oder auf der Frau) verschießt. Das kann er wahrscheinlich nur, weil er unter seinen Penis ein kleines Rohr mit künstlichem Sperma hält.

Mit anderen Worten: Pornos sind nicht die Realität. Das, was man da sieht, hat ganz, ganz, ganz selten etwas mit richtigem, echtem Sex zu tun. Echter Sex ist viel gefühlvoller, ruhiger, liebevoller – und ja, dabei funktioniert auch nicht immer alles auf Anhieb. Natürlich gibt es Paare, die es so treiben wie im Porno, aber ganz ehrlich: Das ist eine absolute Seltenheit!

Ist es ok, Pornos zu gucken?

Da gibt es von mir ein ganz klares: «Kommt drauf an.»

Also, meiner Meinung nach bringen Verbote meist gar nichts. Es ist sinnfrei, euch Pornos zu verbieten, weil ihr sie ja eh guckt und überall bekommt. Verbote sind oftmals einfach nur lästig. Beispiel: Stell dir vor, man verbietet dir, über die Wiese vor eurem Haus zu gehen. Allerdings müsstest du durch das Verbot einen riesigen Umweg gehen. Langer Umweg ist doof, also gehste weiterhin über die Wiese und hoffst, dass du nicht erwischt wirst. #isso. Niemand würde sich an solch ein Verbot halten, es sei denn, er hätte sonst einen großen Nachteil.

Wenn man dir nun aber zum Verbot auch erklärt, dass auf der ganzen Wiese Tollwutköder ausliegen, die du dann an den Schuhen hast und damit wilde Tiere nach Hause lockst, ist das Verbot auf einmal gar nicht mehr so blöd, richtig?

Was ich damit sagen will, ist: Verbote bringen oftmals wenig, wenn die Erklärung fehlt. Aufklärung und Bildung ist, wie so oft, viel, viel wichtiger. Denn dann braucht man ein Verbot plötzlich nicht mehr, weil jede*r von selbst schnallt, dass es echt dämlich wäre, über diese Wiese zu gehen. So machen wir das jetzt hier auch mal mit den Pornos. Pornos sind nicht ohne Grund *erst ab 18 Jahren!*

1. weil das, was man da sieht, auch gern mal sehr speziell und bizarr ist, und man dies als junger Mensch nicht einordnen kann oder es einen sehr verstört.
2. weil in der Pubertät euer Hirn umgestaltet wird und in dieser Zeit Verhaltensmuster stark geprägt werden.
3. weil der Gesetzgeber sagt, dass ihr so früh noch nicht mit sexuellen Inhalten in Kontakt kommen sollt, weil: siehe Grund 1 und 2.

Pornos und das Gesetz

Das Gesetz, dass ihr nicht mit Pornos in Kontakt kommen sollt, ist vor vielen Jahrzehnten entstanden. Für heutige Verhältnisse vielleicht nicht mehr ganz zeitgemäß, schließlich kommt man heute durch das Internet ja super flott an alle möglichen Filmchen ran. Früher musste man dafür in spezielle Läden gehen und hat sich geschämt, wenn man solche Filme ausgeliehen hat – vor allem: unter 18 ging da wirklich nichts. Heute reichen vier Klicks, und man hat den ersten Pornofilm vor der Nase. Das Internet ist voll damit.

Aber nur, weil es nun überall Pornos gibt, heißt es ja nicht, dass das Gesetz doof ist! Denn sich Pornos zu gönnen, bevor man richtig entwickelt ist, kann echt zu Problemen führen. Das zeigen die beiden anderen Gründe, die ich auf der anderen Seite aufgezählt hatte:

Verstörende Bilder oder bizarre Momente

Diese gibt es in Pornos wirklich häufig. Das liegt daran, dass es echt für jeeeden *Fetisch* spezielle Filme gibt.

Fetisch bedeutet, dass jemand ganz spezielle sexuelle Vorlieben hat. Manche Menschen finden es zum Beispiel sehr erotisch, wenn Frauen hohe Stiefel tragen. Andere finden es extrem geil, wenn man sich beim Sex von oben bis unten mit Milch übergießt. Wieder andere stehen auf Fesseln oder Geschlagen-Werden beim Sex ... – und das sind nur die harmlosen Dinge. Zu allem, wirklich zu allem (!), was man sich ausdenken kann, gibt es definitiv auch eine Porno-Sparte.

Natürlich gibt es eine Vielzahl Pornos, die ganz «normal» sind. Sprich, darin sieht man zwei Menschen, die miteinander recht harmlosen Sex haben. Zwar wahrscheinlich trotzdem völlig übertrieben, gefühllos und mit dämlichen Dialogen, aber ansonsten nichts Besonderes. Es gibt aber eben auch die wirklich krassen Filme, die selbst für manche Erwachsenen «zu hart» oder «zu schlimm» sind. Das fängt bei viel Gewalt an und hört bei Sich-gegenseitig-ins-Gesicht-Göbeln noch lange nicht auf. WAS?! Ja, auch so was gibt es. Ich sag ja: Es gibt alles! Oftmals sind es dann aber genau diese krassen Pornos, die ihr euch gegenseitig aufs Handy schickt. Viele von euch finden das dann irgendwie witzig, einige vielleicht eklig, aber manche Jugendlichen kommen mit den Bildern so gar nicht klar, sind dann dadurch verstört und entwickeln große Ängste vor oder völlig falsche Vorstellungen von Sex.

Pornos während der Pubertät

Das ist ein recht kontroverses Thema. Es gibt Wissenschaftler oder auch Sexualpädagogen, die sagen, es sei schlimm, Pornos zu schauen, und es gibt welche, die genau das Gegenteil sagen. Die Wahrheit liegt wahrscheinlich, wie so oft, in der Mitte. Und diese Mitte ist auch genau das, was ich euch - nicht nur in meinen Videos - versuche zu vermitteln.

Euch Pornos zu verbieten ist, wie gesagt, sinnlos. Ihr guckt sie eh weiterhin; machen wir uns nichts vor. Wichtig ist aber, dass ihr euch über die möglichen Konsequenzen im Klaren seid! Pornos können euch nämlich die Lust am richtigen Sex extrem zerstören. Kurz gesagt: Durch das Gucken vieler Pornos in jungen Jahren *kann* es passieren, dass ihr später mit eurer Freundin / eurem Freund im Bett liegt und keine Latte bekommt. Sprich, euch diese Situation einfach überhaupt nicht geil macht. Warum?

Ihr habt euch an das totale Porno-Überangebot gewöhnt. Ihr könnt euch immer und zu jeder Zeit einen perfekten Porno suchen. Heißt, ihr könnt a) nicht nur immer und überall einen Porno gucken, sondern b) auch noch zwischen vielen, vielen, vielen unterschiedlichen Videos wählen. In diesen Filmen seht ihr dann übernatürlich schöne Frauen/Männer, übernatürlich große Brüste/Schwänze, die stundenlang und in völlig abstrusen Stellungen gefühllosen Sex haben. Richtiger, echter Sex läuft aber ganz, ganz anders. Viel ruhiger und eben gefühlvoller. Darauf könnt ihr euch dann aber im schlimmsten Falle gar nicht mehr einlassen, weil es euch null geil macht. Ihr liegt also gemeinsam im Bett und untenrum passiert gar nichts. Pornos können euch also abstumpfen.

Außerdem werden euch im Porno völlig übertriebene Vorstellungen davon vermittelt, wie Körper aussehen und wie Sex abläuft. Die Mädels sind alle sofort bereit für Sex und können es gar nicht erwarten, hart und ungeliebt durchgenommen zu werden. Die Typen haben alle ein riesiges Teil, das gefühlt stundenlang steif ist. Sie finden alle sofort den Scheideneingang und können dann stundenlang vögeln. Die Frau nimmt dieses riesige Teil einfach mal bis zum Magen in den Mund und findet es anschließend angeblich natürlich auch total super, die Unmengen an Sperma ins Gesicht zu bekommen oder es direkt zu schlucken. Bullshit. Alles unrealistisch. Aber genau diese Vorstellungen verfestigen sich bei dir. Und somit ist dir dein eigener Körper/Penis zu ungenügend, deine Freundin zu verklemmt, und dein echter, richtiger Sex kommt dir total langweilig vor oder nicht gut genug. Blöd.

Hinzu kommt die «Porno-Sucht», die eigentlich viel mehr eine Konditionierung ist. Dein Hirn schüttet bei jedem Orgasmus Glückshormone aus. Man belohnt sich mehr oder weniger selbst. Dieses Belohnen funktioniert wie bei Hunden. Das, wofür wir belohnt werden, machen wir häufiger. Nach einer gewissen Zeit verlangt unser Körper aber nach einer größeren Belohnung, weil die Belohnung mittlerweile langweilig geworden ist. Also suchen wir entweder häufiger und / oder nach noch krasseren Pornos. Diese sind aber immer schwerer zu finden, also suchen wir länger oder geben uns nicht mit dem erstbesten Film zufrieden.

Wenn man diesen Gedankengang völlig übertreiben möchte, *kann* es tatsächlich passieren, dass allein der Anblick deines Handys das Verlangen nach Pornos weckt; denn dein Hirn weiß: Handy = Porno = Belohnung.

Malen wir den Teufel nicht direkt an die Wand. Das sind alles die absoluten Extremfälle und betrifft die wenigsten Jugendlichen - aber manchen ist es eben so passiert. Ich habe Mails von einigen Jungs, die mir von Erektionsstörungen beim Sex berichten, jedoch nicht, wenn sie Pornos gucken. Ach, schau an.

Aber wie ich am Anfang schon sagte: Irgendwo in der Mitte liegt die Wahrheit. Ich möchte dich also auf die möglichen Gefahren hinweisen und dich ein wenig zum Nachdenken bringen.

Meine Porno-Empfehlung an euch

Haha, nein, ich sage euch jetzt nicht, *welche* Filme ihr gucken sollt, sondern eher, *wie* ihr Pornos gucken sollt. Mein Appell an euch, ganz im Ernst, ist: Sucht euch einen Tag in der Woche aus, an dem ihr das ganze Internet leerwichst ... na gut, in absoluten Notfällen auch zwei Tage ... aber an allen restlichen Tagen wichst ihr ausschließlich mit eurer Fantasie! Kein Handy, kein Computer, kein Film, kein Foto, nichts. Augen zu und nur mit Kopfkino wichsen! WHAT???

Wenn du jetzt schreist: «WIE SOLL ICH DENN OHNE PORNOS KOMMEN?!», dann zeigt dir das, wie tief bei dir das Problem schon sitzt. Vor 30 Jahren haben nahezu alle Jugendlichen nur mit Hilfe ihrer Fantasie gewichst. Hat auch funktioniert. Echt! Dass ihr jetzt den Luxus des Internets habt, ist neu!

Ich kann nicht ohne! Wie komme ich von Pornos weg?

Knallharter Entzug! Einfach nicht mehr gucken! Nein, da gibt es keinen anderen Trick oder magische Formel!

Einfach. Nicht. Mehr. Gucken. Punkt.

Klar, das ist in der ersten Woche total hart. Also bestimmt härter als dein Pimmel in der Zeit, höhöhöhö (*nominiert für den schlechtesten Witz der Welt*). Du wirst wahrscheinlich auch lange zum Schleudern brauchen, zumindest länger als sonst, denn dein Penis und deine Fantasie müssen ja erst wieder für die neue Situation trainiert werden. Aber keine Sorge, dein Körper gewöhnt sich auch daran, und dann isses im Laufe der nächsten Tage/Wochen wieder wie vorher. Mit dem großen Bonus, dass du nicht mehr auf die Pornos angewiesen und viel freier bist. Man muss diese Durststrecke eben einfach nur durchhalten.

Sind Videos «schlimmer» als Bilder?

Das werde ich oft gefragt. Die Antwort ergibt sich aus den letzten Seiten eigentlich von selbst. Bilder beflügeln deine Fantasie wesentlich stärker als Videos und sind somit vielleicht etwas «besser» als Pornos, aber am Ende sind es gegebenenfalls eben wieder «unrealistische» Eindrücke.

Auch wenn es um Bilder/Videos von deiner*m Freund*in geht? Das ist wiederum ein Sonderfall, denn du kennst diese Person ja und hast auch richtigen, echten Sex mit ihr. Das ist also wesentlich realistischer als alles andere. Das geht – aus meiner Sicht – vollkommen klar. Je nachdem, wie alt ihr seid, müsst ihr aber im Hinterkopf haben, dass es eventuell nicht erlaubt ist, sich gegenseitig Bilder/Videos zu senden! Siehe dazu das nächste Kapitel *Sexting*.

SEXTING

Darüber haben wir im Porno-Kapitel gerade gesprochen: Sexting bedeutet, *Nacktbilder oder -videos von dem *der Freund*in auf 'm Handy zu haben*, sich also gegenseitig sexuelle Fantasien, Nacktbilder oder -videos zu schicken.

Das macht nicht jede*r, aber früher oder später kommen wahrscheinlich die meisten von euch mal damit in Kontakt. Es ist ja auch durch das Handy schnell und einfach möglich. Man kann mal eben ein Bild von seinem Lörres machen und es flott an irgendwen senden. Es gehört heutzutage fast schon irgendwie dazu.

Warum macht man das überhaupt?

Na ja, das kannste dir sicher selbst beantworten: Man hat die Chance, sein Objekt der Begierde nackt zu sehen. Klar ist das aufregend. Vielleicht will man auch Erfahrungen sammeln, kleine Sexfantasien mit einer anderen Person teilen und sich dabei – natürlich – einen keulen. Das kann aufregender sein als jeder Porno! Es ist auf einmal alles so real, so nah und unfassbar spannend.

Ab wann darf ich Bilder / Videos senden und empfangen?

Ab 18. Punkt.

Wenn *alle* Beteiligten über 18 Jahre sind, ist das Senden und Empfangen kein Ding. Unter 18 ist es verboten! Das fällt dann nämlich unter Jugend- bzw. auch Kinderpornografie, und die ist zu Recht verboten. Übrigens kann das selbst für den, der die Bilder/Videos bekommt, zu einem riesigen Problem werden, auch wenn er schon 18 ist!

Da ihr euch ja aber eh Bilder schickt und damit während der Pubertät definitiv auf die eine oder andere Art in Kontakt kommen werdet, gilt auch hier: Aufklären ist viel wichtiger als einfach nur verbieten.

Darf ich mich selbst fotografieren?

Klaro. Es ist dein Körper! Du darfst *dich selbst* aus allen möglichen Winkeln fotografieren und filmen! Egal ob angezogen, nackt, schlaff, steif oder wild onanierend. Denn *du* machst *für dich* von *dir selbst* Fotos/Videos. Alles kein Problem! Manchmal ist es ja auch im Nachhinein ganz interessant, zu sehen, wie man letztes Jahr noch aussah im Vergleich zu jetzt. Heikel wird es erst, wenn du diese Sachen verschickst. Denn dann bringst du Jugend- oder eben Kinderpornos in Umlauf – und das ist eine Straftat.

Man verschickt solche Bilder auch nicht ungefragt einfach so. So was passiert immer nach einem Gespräch/Chat und in einer dazu passenden Situation. Irgendwem also einfach mal spontan 'n Dickpic zu schicken, lässte mal schön sein. Abgesehen davon, dass das respektlos dem anderen gegenüber ist, das ungefragt zu tun, machste dich damit, wie vor drei Sätzen gesagt, gegebenenfalls strafbar!

Und eins geht sowieso überhaupt gar nicht, egal, wie alt man ist: jemanden ohne sein Einverständnis heimlich fotografieren/filmen ... und dann womöglich noch die Aufnahmen verschicken. Auf keinen Fall!

Mein Nacktfoto/-video wird einfach weitergeschickt!!!

Ok, angenommen, du hast jemandem eine Nacktaufnahme von dir gesendet, und diese Person schickt sie einfach an andere Personen weiter. Das ist kein Sexting mehr, auch nicht «nur» ein krasser Vertrauensbruch, sondern ganz klar eine schwere Straftat! Niemand darf deine intimen Aufnahmen ungefragt an andere Personen weitersenden. Generell darf man keine Bilder einfach so weitersenden, aber bei *intimen* Bildern ist das natürlich richtig schlimm!

Wenn es nun doch passiert, dann ist das definitiv ein Fall für die Polizei! Natürlich musste dann erst mal mit Mama und Papa sprechen. Ja, das ist super peinlich. Und ja, das gibt auch 'ne Moralpredigt, denn schließlich weißt du jetzt ja selbst, dass das nicht so die super Idee war, die Fotos zu verschicken. Aber da musst du jetzt durch, und je schneller du reagierst, desto schneller kann man Schlimmeres verhindern. Außerdem bekommen alle Personen, die es weitergeschickt haben, dann richtig einen auf den Sack.

Ich bekomme Nacktaufnahmen von anderen Schüler*innen geschickt

Wenn du Nacktaufnahmen geschickt bekommst, die nicht vom Versender selbst stammen, dann gibt es folgende Verhaltensweisen: Du löschst das Bild/Video sofort wieder. Du weist den Versender darauf hin, dass er/sie sich krass strafbar gemacht hat und du keine weiteren Aufnahmen haben möchtest! Wenn du die Person auf der Nacktaufnahme kennst, dann informierst du diese Person darüber! (Wechsle mal die Seiten: Wenn es dein Bild/Video wäre, dann möchtest du sicher auch wissen, wer gerade deine Aufnahmen durchs Internet schickt, oder?)

Ich glaub, es erübrigt sich auch, zu erwähnen, dass du selbst dann auch keine empfangenen Bilder an andere versendest. Nicht aus Wut, nicht aus Eifersucht oder weil es «witzig» ist! Wie gerade erwähnt: Das ist zu Recht eine krasse Straftat! Nacktbilder sind eine intime Angelegenheit und bleiben, wenn überhaupt, einzig und allein beim vorgesehenen Empfangenden!

Wie bekomme ich mein Bild im Internet gelöscht?

Gar nicht.

Das ist leider die größte Kacke bei dem Thema: So spannend und verführerisch Sexting auch ist, es ist auch extrem risikoreich. Sobald deine Aufnahmen dein Handy verlassen, sind sie nicht mehr kontrollierbar! Nie wieder! Sobald du einmal Texte/Bilder/Videos versendest, egal an wen, hast du *nie wieder* Kontrolle über sie!

Du musst darauf vertrauen, dass die andere Person deine Aufnahmen nicht weitersendet. Wie schnell man aber «nur mal eben zum Zeigen» ein Bild weiterschickt, weißt du selbst ja am besten. Und diese «eine Person» schickt es dann wieder «nur einer weiteren Person». Und so weiter und so weiter. Plötzlich hat die ganze Schule oder der ganze Verein dein Bild oder dein Video oder du findest dich sogar auf irgendwelchen Pornoseiten im Internet wieder!

Sobald du mitbekommst, dass deine Aufnahmen weitergesendet werden, hol dir sofort Hilfe! Lehrer, Eltern, Polizei, die haben da gute Tipps. Du wirst trotzdem damit leben müssen, dass dein Pimmel ab jetzt unaufhaltsam durchs Internet fliegt – du kannst aber dafür sorgen, dass die Verursacher immerhin bestraft werden.

Also noch mal in aller Deutlichkeit: *Sobald eine Aufnahme dein Handy verlässt, hast du* **nie wieder** *Kontrolle darüber! Da hilft kein Betteln und kein Heulen.*

#SaferSexting – Tipps zur Schadensbegrenzung

Ok, du weißt jetzt bestens darüber Bescheid. Du weißt, dass du es unter 18 cm, ähm, 18 Jahren nicht machen darfst, und du bist dir auch absolut über das Risiko im Klaren. Es juckt dir aber trotzdem in den Fingern? Dann befolge wenigstens diese paar Tipps, damit es im schlimmsten Fall nicht ganz so tragisch wird:

- **Niemals** dein Gesicht dabei zeigen! Auch wenn noch so hart gebettelt wird. **Niemals!**

- Alles verstecken, was dich verraten könnte! Zum Beispiel besondere Armbänder oder Tattoos. Auffällige Muttermale. Lieblingspullover oder eindeutige Kleidung. Auch auffällige Dinge aus deinem Zimmer. Orte oder Objekte, die jeder sofort mit dir in Verbindung bringt.
- Mit möglichst vertrauensvollen Personen sexten. Personen, die du bestenfalls schon länger kennst. Nicht jeder/jedem direkt 'n Dick-Pic schicken.
- *Quid pro quo*-Prinzip: Bild gegen Bild. Video gegen Video und so weiter. So haben beide Seiten die gleichen «Ängste», dass mit den Bildern was passiert.
- Personen-Fake-Check machen! Traue keiner unbekannten Nummer oder Person! Immer zweifelsfrei klären, wer tatsächlich am anderen Ende ist. Bestenfalls kurz telefonieren oder facetimen. Sollte die andere Person darauf «keine Lust» haben oder mit «geht grad nicht» argumentieren, dann ist das schon ein seeehr deutliches Zeichen, dass da irgendwas im Busch ist.
- Bilder-Rückwärts-Suche nutzen! Du kannst in der Google-Bildersuche nach Bildern aus deinem Bilderordner suchen lassen! Google durchsucht dann das Netz exakt nach diesem Bild, und wenn dies plötzlich auf mehreren Seiten auftaucht, weißt du, dass es kein echtes, sondern ein geklautes Bild aus dem Internet ist.

Legal ist Sexting unter 18 Jahren nicht, aber wenn du die obigen Punkte beachtest und dein Bild/Video dann tatsächlich mal durch die Schule wandern sooollte, kann man immerhin behaupten, dass es nicht der eigene Pimmel sei, schließlich ist ja nirgendwo dein Gesicht/Zimmer zu sehen.

Zum Abschluss also nochmals: *Wenn irgendwas mit deinen Bildern passiert, was du nicht willst, dann hol dir Hilfe!* Lehrern, Eltern und Polizei Bescheid zu sagen, ist dann wirklich der richtige Weg!

Das eigene Bild zu versenden, war halt eine doofe Idee, ja, aber das heißt noch lange nicht, dass andere es dann weitersenden können und dich damit bloßstellen! Das ist eine eindeutige Straftat, die verfolgt werden muss!

SEX

Was soll ich lange drum herumreden … Die Überschrift ist eindeutig genug. Jedes weitere Wort ist überflüssig. Man kann sich also jeden Einleitungssatz zu diesem Thema sparen. Es wäre, tatsächlich, verschenkter Platz. Den könnte man für viele andere Informationen nutzen, aber wir sind es ja gewohnt, im Überfluss zu leben. Daher wäre es durchaus möglich, hier einfach inhaltslose Sätze aneinanderzureihen. Ihr wisst aber, wie ich bin und dass ich unnötigen Müll nicht leiden kann. Daher schwafle ich auch nicht groß und komme direkt zum Punkt. Wir haben ja auch alle keine Zeit, und das Buch wird davon nicht kürzer. Schließlich interessiert gerade dieses Thema bestimmt am meisten. Ohne groß viele Worte zu verlieren, kommt hier das Thema, was sich die meisten von euch gewünscht haben. Ein Thema, was direkt auf die 12 geht und direkt durch die Augen ans Hirn. Nun gut, genug der Vorrede. Hier ist es also. Das Kapitel rund um das Thema Sex.

WIE FUNKTIONIERT SEX?

Now we're talking. Endlich gehts mal um den real shit. Was muss man beachten? Welche Regeln gibt es? Wann macht man es? Wo? Wie oft? Mit wem? Warum? Und letztendlich wiiie? WIIIE KOMME ICH AN SEX???

Was muss man beim Sex beachten?

Im Grunde muss man vor allem beachten, dass beide sich wohlfühlen. Keiner sollte ein komisches Gefühl dabei haben, niemand sollte sich schämen oder zu etwas genötigt fühlen, und niemandem muss irgendwas peinlich sein. Beim Sex passieren viele Dinge; es gibt Positionen, Missgeschicke und Geräusche, die einen schnell aus der Fassung bringen, weil es merkwürdig, anstrengend oder einfach extrem lustig ist.

Wichtig ist: Sex darf und muss Spaß machen! Sobald sich jemand unwohl fühlt, muss man das ändern. Beim Sex darf gelacht werden. Wenn jemand dabei z. B. pupsen muss, dann kann man selbst *darüber* lachen oder einfach darüber hinweggehen, statt die Person auszulachen. Ihr seid gerade super intim miteinander, da sollte ein Pups ja wohl das kleinste Problem sein.

Wie sind die Sex-Regeln?

An absolut oberster Stelle, nein, sogar noch über der obersten Stelle steht die oberwichtigste Oberregel: *Beide müssen es wollen*! Sobald eine*r von beiden es nur macht, weil der andere es verlangt, obwohl er/sie eigentlich keine Lust darauf hat, ist es eine Belästigung oder auch Vergewaltigung!

Erzählt der anderen Person, was euch gefällt, und sagt auch, was euch nicht gefällt! Ihr traut euch nicht? Man kann das auch ohne Worte machen! Durch sanftes Stöhnen zum Beispiel. Achtet auch drauf, wann euer Gegenüber es tut, und merkt euch, wo/womit ihr das ausgelöst habt. Dann wisst ihr: Dort kommt es gut an – kann mal also weiter/wieder machen. Probiert zwischendurch etwas anderes aus, kommt aber öfter zu der Stelle zurück, die eurem Gegenüber gefallen hat! So baut ihr euch mit der Zeit eine Gefühlslandkarte eures Partners – und irgendwann springt ihr nur noch von einer tollen Körperstelle zur nächsten tollen Körperstelle.

Gebt euch unbedingt gegenseitig körperliches Feedback. Wenn auch nur einer von euch beiden wie ein Brett daliegt – nicht stöhnt, sich nicht bewegt, nicht selbst streichelt oder küsst – dann wird der Sex beschissen! Genauso, wenn einer so tut, als hätte er ein festes Drehbuch mit einem Dreißig-Punkte-Programm («Jetzt noch die Stellung! Und dann die! Und jetzt noch das!») oder nur an sich selbst denkt. Ihr müsst beim Sex keine Performance ableisten. Beide müssen was für guten Sex tun, ja, aber vor allem müssen beide «sichtlich» genießen.

Ansonsten ist erlaubt, was Spaß macht. Probiert euch aus!

Wann macht man Sex?

Immer dann, wenn ihr darauf Bock habt. Das wird am Anfang eurer gemeinsamen Zeit wahrscheinlich sehr häufig sein und zu allen möglichen Tageszeiten. Wenn ihr beide wollt: Vollgas. 😁

Mit der Zeit lässt die Lust etwas nach, und ihr kommt auch mal einen halben Tag ohne aus (höhö). Auch wenn man älter wird, wird die Schlagzahl etwas geringer. Nutzt einfach die Zeit für euch. Eine Mindestanzahl gibt es nicht. Wenn ihr jede Stunde bumsen wollt (und es körperlich könnt, haha), dann feel free.

Wo macht man Sex?

Immer dort, wo ihr gerade wollt und niemanden dabei auf den Sack geht! Egal, ob im Wald, in der Umkleide im Schwimmbad, unter der Dusche, auf einem Hochhausdach, vorm Kamin oder klassisch im Bett. Sex kann man überall haben – wird nur nicht gern überall gesehen. Lasst euch also nicht erwischen. Sex im öffentlichen Raum ist strafbar.

Mit wem hat man Sex?

Am besten mit einem anderen Menschen. Das kann in einer Beziehung sein, kann aber auch als One-Night-Stand funktionieren. Beides ist vollkommen ok. Für beide Geschlechter! Jede*r hat mal Bock auf «nur Sex ohne Beziehung». In einer Beziehung ist Sex aber echt noch viel krasser. Sex mit Liebe ist ein himmelweiter Unterschied zu «nur mal eben Sex». Aber jeder Mensch darf seine Partner*innen selbst frei wählen!

Warum hat man Sex?

Wie warum? Glaub, das ist klar.

Guter Sex ist so ziemlich das Beste, was man bekommen kann.

Und wiiiiie kommt man an Sex?

Wie es dazu kommt, kann ich schlecht sagen. Manche Jungs und Mädchen berichten davon, dass sie sich über einige Wochen hinweg so langsam kennenlernen und dann ganz romantisch ans erste Mal wagen. Na ja, und andere berichten tatsächlich, dass sie ihr erstes Mal ganz spontan knallhart auf dem Klo einer Party hatten. Man hat gequatscht, geknutscht, gefummelt, und irgendwie war man plötzlich in einem abschließbaren Raum, hat sich ausgezogen und steckte ineinander, bäm.

Das ist also wieder – wie bei allem anderen auch – extrem unterschiedlich. Vorhersehen oder gar planen kann man es meist nicht. Es gibt auch keinen geheimen Spruch oder ein allgemeingültiges Startzeichen. Jeder muss für sich selbst wissen, wann und wo und mit wem für ihn/sie der richtige Zeitpunkt ist. (Übrigens: Lasst euch nicht einreden, dass man es mit soundso viel Jahren getan haben muss. Das bestimmt ihr schön selbst.)

Ich denke, am häufigsten ergibt sich Sex dadurch, dass man anfängt zu kuscheln, sich vielleicht ein wenig streichelt. Dann wagt sich eine*r von beiden etwas weiter vor, darauf macht es die andere Person auch. Plötzlich knutscht man, und irgendwann wandern die Hände ganz vorsichtig und mutig weiter zu den Brüsten oder zwischen die Beine, und ehe man sich's versieht, ist man nackt.

Und dann steht oder sitzt oder liegt man da. Hat nichts mehr an. Der Junge hat meistens schon seit dem Knutschen das mega Rohr und das Mädchen ist wahrscheinlich auch schon feucht.

Beides sind völlig normale Reaktionen der jeweiligen Körper. Wenn Mädchen feucht werden, ist das so wie bei uns Jungs die Erektion. Wir bekommen 'ne Latte, und die Scheide des Mädchens bereitet sich mit diesem körpereigenen Gleitgel auf das Eindringen vor. Mit anderen Worten: Wenn ein Mädchen durch dich feucht wird, ist das ein seeehr gutes Zeichen – so, wie wenn du durch ein Mädchen 'ne Latte bekommst.

Mit dem steifen Penis und der feuchten Scheide sind dann auch erst mal die grundsätzlichen körperlichen Bedingungen für Sex erfüllt. Jetzt muss beides «nur noch» ineinandergesteckt werden. Das ist nur gar nicht so einfach am Anfang. Vorteil ist aber: Beide Personen kennen sich von der Selbstbefriedigung ziemlich wahrscheinlich ziemlich gut selbst. Helft euch also gegenseitig! Ein guter Move ist, wenn du dem Mädchen sagst, dass sie die Führung übernehmen soll. Sie soll deinen Penis einfach in die Hand nehmen und sich dann zum Beispiel ganz langsam auf ihn setzen. Gerade wenn es für beide die ersten sexuellen Gehversuche sind, dann **kann** das Einführen des Penis schmerzhaft sein. Wenn sie alles selbst in der Hand hat (im wahrsten Sinne des Wortes), gibt ihr das ein sichereres Gefühl. Sobald sie sich daran gewöhnt hat, wird sie dir signalisieren, dass auch du anfangen kannst, deinen Penis in ihrer Scheide auf und ab zu bewegen.

Ich sage es an dieser Stelle mal zur Sicherheit, damit es keine Panik in der Kiste gibt: Gerade bei den ersten Malen **kann** es sein, dass auch Blut im Spiel ist! Das Jungfernhäutchen des Mädchens wird bei den ersten Malen von deinem Penis abgetragen – na ja, oder sie hat halt ihre Regelblutung. Wenn niemand Schmerzen hat (und nur dann!), aber dennoch Blut zu sehen ist, ist alles ok! Das gehört manchmal (leider) dazu.

Irgendwann seid ihr aufeinander eingestellt, die Scheide hat sich für deinen Penis passend ausgedehnt und ihr könnt alles Mögliche ausprobieren – sofern du es überhaupt so lang schaffst, haha. Denn bei den ersten Malen kommt man als Typ gerne suuuuper schnell, weil sich einfach alles viel zu krass anfühlt. Einige bekommen sogar beim Knutschen schon einen Orgasmus. Das ist aber kein Grund, aufzuhören oder die Flinte ins Korn zu werfen. Pause machen und weiter geht's. Mit der Zeit lernt man dann, wann man wie wo was machen muss, damit man nicht direkt abspritzt.

Übung macht den Meister. 😉 Probiert unterschiedliche Stellungen aus. Versucht, mit jedem Körperteil einen anderen Körperteil zu berühren. Testet verschiedene Orte aus. Macht es zu unterschiedlichen Tageszeiten. Flüstert euch mitten in der Öffentlichkeit sexuelle Dinge ins Ohr. Knabbert an den Ohrläppchen. Zieht euch beim Sex leicht an den Haaren ... *Ihr* setzt die Grenzen selbst! Viel Spaß. 🥁

Wie bekomme ich es hin, dass nicht ich, sondern die Frau zuerst kommt? Man kann den Orgasmus ja nicht steuern.

So ’n Orgasmus kann man schon steuern. Das Zauberwort heißt: Disziplin! ☝

Heißt, du musst einfach ’ne Pause machen und deine Freundin anders verwöhnen. Hast ja noch Hände und ’nen Mund.

ICH HABE DIESES BUCH UND BIO. ICH BIN VERSORGT!

[Anrede. Beispiel: «Ihr zwei beiden» oder «Oh Gott, ist das peinlich»]

Ganz im Ernst, mich interessiert euer Sexualleben nicht, und ich möchte auch nicht mit euch über meins reden. Dieses Buch ist das Beste, was meinem jungen Leben passieren konnte, und ich bin jetzt echt gut informiert. Man sollte noch viel mehr von Bens Büchern kaufen und an Freunde und Familie verschenken [Anm. d. Autors]. Falls im unwahrscheinlichen Fall der Fälle noch Fragen offen sind, habe ich auch Frau/Herrn ------------------------------------ in Bio, die/der mir alles beantwortet. Zwar nicht so gut wie dieses Buch, aber immerhin. [Ja komm, kann man mal schreiben, oder?!]

Keine Sorge, wenn ich was wirklich Wichtiges habe, bei dem ich nicht mehr weiterkomme, dann stehe ich bei euch auf der Matte … – aber bitte, bitte, bitte, bitte verschont mich mit sexuellen Ratschlägen oder «*dem* Gespräch über Sex». Allein der Gedanke … Horror.
Nichts für ungut, wenn was ist, bin ich bei euch, aber bitte nicht andersrum.

[Dein Name]

IRRGLAUBEN VOR DEM «ERSTEN MAL»

Die Hardcore-Fans kennen viele der Mythen vielleicht schon aus meinen YouTube-Videos zu dem Thema, aber ihr habt mir in der Zwischenzeit noch einige weitere eurer komischen oder lustigen Vorstellungen darüber geschrieben, wie das so ist beim ersten Mal. Here we go.

«Ich dachte, der Penis wird einfach nur zwischen die Schamlippen gelegt, wie ein Hot-Dog-Würstchen ins Brötchen.» Hehe, nee, der Penis wird beim Sex tatsächlich vorsichtig *in* die Scheide geschoben. So, als würdest du dir als Junge einen Finger in den Po schieben.

«Ich dachte, sobald ich einmal Sex hatte, muss ich nicht mehr masturbieren!» Oh, das würde viel Zeit sparen, was? Aber nee, Fakt ist tatsächlich, dass man trotz Sex auch nach wie vor masturbiert. Auch wenn man in einer Beziehung ist, damit hört man irgendwie nie auf. Es sei denn, man hat so viel Sex, dass man in der Zwischenzeit total ungeil ist. 😂

«Ich ging früher davon aus, dass man auch die Eier mit in die Scheide schiebt, diese dann dort drin bleiben und daraus dann die Kinder entstehen.» Hahahahaha, ich muss mir das gerade bildlich vorstellen, wie man mit großem Eifer versucht, auch noch die Eier in die Scheide zu quetschen. Und beim Rausziehen hat man dann plötzlich keine Eier mehr? Hahaha, wie das aussehen würde! Und wenn man nur ein Kind möchte, dann quetscht man nur ein Ei mit hinein? Hahaha. Nee, nee, die Eier bleiben schön draußen. Ein Baby entsteht durch die Samenflüssigkeit des Mannes und die Eizelle der Frau. Sie sind beide so unfassbar winzig, das man sie mit bloßem Auge gar nicht sehen kann.

«Ich ging davon aus, dass die Anzahl der Hoden besagt, wie viele Kinder man bekommt. Mein Vater hätte demnach fünf Eier haben müssen!» Auch bumselustig. Stellt euch mal vor, wie fett der Sack hätte sein müssen. Der Mann hätte sich ja gar nicht mehr hinsetzen können, haha. In der Regel haben Männer zwei Hoden. Selten mal nur einen und noch seltener drei Hoden. Aber egal, wie viele Hoden man hat, man kann mit jeder Anzahl unbegrenzt viele Kinder zeugen.

«Ich hörte mal, dass Frauen mehrere Orgasmen haben können und Männer nur einen. Als ich mir das erste Mal einen runterholte, war ich anschließend traurig, weil ich meinen einzigen Orgasmus an mir selbst verschwendet habe.» Oje, da könnte man ja schon fast mitweinen, weil's so traurig klingt. Gleichzeitig muss der Junge ja auch sehr verwirrt gewesen sein, als er sich das zweite Mal einen gewichst hat: «Huch? Noch einen Orgasmus? Bin ich ein Sex-Gott?»

Er hat hier aber was falsch verstanden. Viele Frauen können mehrere Orgasmen schnell hintereinander haben, wohingegen wir Männer nach einem Orgasmus ja erst mal 'ne gewisse Pause brauchen. Was anderes ist damit nicht gemeint.

«Ich dachte: schneller = besser. Falsch.» Richtig! Langsame Bewegungen sind oftmals viel intensiver. Echter Sex ist halt kein Porno. 🤷‍♂️

«Ich habe nie geschnallt, wie weit unten der Scheideneingang ist. Ich dachte, der wäre ungefähr dort, wo ein Penis ist, aber der Eingang ist ja fast am Po-Loch!» Jupp, braucht man nicht mehr zu sagen. Der Scheideneingang ist tatsächlich eher in Richtung Popo als in Richtung Bauch.

«Dachte immer, als Mann hätte man keinen schlechten Sex. Das ist Bullshit!» Jupp, aaabsoluter Bullshit! Sobald auch nur einer von beiden einfach nur so rumliegt und nichts macht, nicht streichelt, nicht stöhnt, nichts ausprobiert, dann wird der Sex scheiße. Und auch im umgekehrten Fall, wenn einer sich aufführt, als müsse er einen Zehnkampf im Bett ableisten oder nicht auf den anderen achtet und nur sein Ding durchzieht. Guter Sex ist immer «Geben und Nehmen» von allen Beteiligten.

«Ich hab nicht geahnt, wie viele Geräusche das alles macht!» Oooooh ja. Da ist echt einiges am Start. Schmatzen, Klatschen, Quietschen, manchmal auch Furzgeräusche durch die Luft im Scheidengang und dann noch das Geschlabber beim Knutschen. Gewöhnt euch dran 😄

«Auch ich dachte leider, dass man beim ersten Mal nicht schwanger werden kann.» Oh, ganz wichtiges Thema! Auch beim ersten Mal Sex kann das Mädchen schwanger werden! Egal wie alt ihr seid! Sobald eine Flüssigkeit aus dem Penis kommt, die nicht Urin ist, ist man zeugungsfähig. Heißt, durch das Zeugs kann die Frau schwanger werden! Kondome und/oder die Pille schützen.

«Ich dachte immer: Sex = Sex. Aber Sex + Liebe stellt alles in den Schatten!» Stimmt! Sobald man für den anderen Menschen auch richtig was empfindet, man vielleicht auch in einer Beziehung ist und den anderen Menschen gut kennt, dann macht das den Sex noch mal um Lääääängen geiler.

«Klar wusste ich, dass eine Scheide feucht ist, aber dass sie so krass feucht wird, wusste ich nicht.» Das ist auch nicht bei jedem Mädchen so, aber tatsächlich ist eine Scheide schon eine sehr feuchte Angelegenheit. Aber das soll ja auch so sein. Dein Penis soll leicht und ohne Schmerzen rein- und rausgleiten können.

«Ich dachte, ich kann mich auf meinen Penis verlassen, aber als es drauf ankam, wurde er nicht steif.» Das Problem kennen saaauuuviele Jungs. Gerade dann, wenn es unbedingt klappen soll und man knallhart (höhö) zeigen möchte, was man kann ... – dann passiert plötzlich untenrum nichts. Auch das ist völlig normal. Du musst es einfach akzeptieren! Dein Körper ist keine Maschine, die man nach Belieben an- und ausschalten kann. Je länger und häufiger du darüber nachdenkst oder Angst davor hast, dass es wieder passiert, desto schlimmer wird's. Sex beginnt nämlich immer im Kopf; und wenn dein Kopf zu einem Großteil damit beschäftigt ist, über das Ständerproblem nachzudenken, dann kannste auch keinen Sex haben.

«Ich bin davon ausgegangen, dass Sex zwei bis drei Stunden dauert. Ich konnte mir nicht vorstellen, dass man in nur fünf Minuten ein Kind zeugen kann!» Haha, schön wär's, was? Aber tatsächlich kann es, wenn es dann erst mal richtig zur Sache geht, schon (sehr) schnell vorbei sein. Und ja: Selbst der kürzeste Bums kann ein Kind hervorbringen! Ja, auch bei dir und deiner Freundin! So ist das beim Sex! Kondom und Pille schützen.

«Ich dachte, dass ein Handjob von einem Mädchen geiler ist, als es sich selbst zu machen. Ich habe gemerkt: Mädchen sind da viel zu untrainiert.» Hahahaha, vielleicht hast du auch einfach nur 'ne komische Technik?! 😁 Klar ist aber, dass ein anderer Mensch natürlich erst mal lernen muss, wie es *dir* gefällt und wie man den Penis am besten anfasst. Gerade jüngere Mädchen sind vielleicht noch etwas ängstlich oder kommen mit deinem unfassbar riesigen Teil nicht klar. 😅 Du wusstest bei den ersten Malen wahrscheinlich auch nicht, wie man ganzheitlich mit einer Scheide umgeht, oder? Also auch hier wieder: Sagt/zeigt euch gegenseitig, wie es euch gefällt. Reden hilft, auch wenn es am Anfang vielleicht Überwindung kostet.

«Vorstellung: Er führt mich in sein Zimmer, Kerzen brennen, und Rosenblätter sind im Zimmer verteilt. Es duftet angenehm, es ist warm, das Bett ist weich. Er ist zärtlich, und wir haben schönen Sex. – Bittere Realität: Wir saßen eine halbe Stunde auf'm Bett, haben geschaut, wie man ein Kondom benutzt, er fand das Loch nicht und war trotzdem nach vier Minuten fertig. *Magisch*» Lass ich direkt so stehen.

«Ich dachte, wenn die Hoden irgendwann leer sind, fallen sie einfach ab.» Hehe, süß. Da bist du wohl dem Mythos «Nach 1000 Schuss ist Schluss» auf den Leim gegangen. Wir haben ja schon gelernt: Der männliche Körper produziert lebenslang Sperma. In einer Tour. Das reicht für dein ganzes Leben.

«Hatte früher eine Schulfreundin gefragt, ob es nicht lästig ist, beim Pinkeln immer den Tampon rauszuholen. Sie erklärte mir dann, dass Frauen mehrere Löcher da unten haben.» Herzlich willkommen bei der Anatomie der Frau. Frauen haben tatsächlich drei Löcher untenrum. Direkt unter dem Kitzler sitzt der kleine Harnausgang, also das Pipi-Loch. Darunter ist dann der größere

Scheideneingang (Vaginaltrakt). In diesen kommt der Penis rein und später das Kind heraus. Na ja, und das dritte Loch kennen wir Männer ja auch: das Arschloch. Badummtsch.

«Ich war immer total verwirrt, weil alle sagten, ‹man schläft zusammen›. Aber wie zum Teufel soll denn, wenn man einfach nur nebeneinander liegt und schläft, ein Kind entstehen?!» Haha, ja. Berechtigte Frage, wenn man es noch nicht besser weiß. «Zusammen» oder «miteinander» schlafen bedeutet, dass man Sex hat. Es klingt bloß vornehmer.

«Die wichtigsten zwei Dinge, die ich gelernt hab: 1. Pornos sind NUR als Fantasie gut und 2. KEINER meiner Kumpels hatte eine Ahnung, KEINER. Alles Gelaber auf dem Schulhof, bloß dummes Getue.» Bäm. #isso

KONDOME

Um das mal direkt vorwegzunehmen: Kondome gehören auf den steifen Penis! Ich gehe aber davon aus, dass das die meisten von euch bereits wussten.

Es wäre wirklich sehr unklug von mir, wenn ich euch erzählte, dass Kondome auch extrem coole Wasserbomben abgeben. Also verrate ich euch das lieber nicht! Da würde echt viel reinpassen, ihr müsstet das Ding wahrscheinlich mit mehreren Personen tragen. Am krassesten würde es wohl aus hohen Höhen ballern. Na ja, aber zum Glück würde ich euch das nie empfehlen! 😎 (Falls ihr wirklich auf die Idee kommen solltet, aus Kondomen Wasserbomben zu machen, dann gebe ich nur die ernsthafte Warnung, dass ihr sie auf keinen Fall auf Menschen schmeißen dürft! Kondome platzen spät, und eure Opfer sind dann nicht nass, sondern im schlimmsten Fall im Krankenhaus! Ernsthaft!)

Warum überhaupt Kondome benutzen?

Mit Kondomen schützt man(n) sich vor *Krankheiten* und *Schwangerschaft*. Na ja, Moment, also Männer können natürlich nicht schwanger werden, das können ja nur Frauen. Ein Kondom sorgt in dem Fall also vielmehr dafür, dass die Frau nicht schwanger wird. Kein Sperma in der Gebärmutter = keine Schwangerschaft! Easy.

Gleichzeitig schützen Kondome auch vor dem HI-Virus (HIV), aus dem dann später Aids werden kann. HIV kann immer übertragen werden, wenn der Penis in die Scheide oder den Po eines infizierten Menschen geschoben wird. Wenn du mehr über HIV oder andere Krankheiten erfahren möchtest, die man sich beim Sex holen kann, guckste ins *Krankheiten*-Kapitel auf **Seite 216 f.**

Wenn ihr beide aber vollkommen gesund seid (regelmäßige Tests machen!), könnt ihr auf Kondome verzichten. Da bleibt dann halt «nur» das Thema *Schwangerschaft*, aber dafür gibt es ja auch noch andere Verhütungsmethoden, vor allem die sogenannte Anti-Baby-Pille – im Volksmund «die Pille» genannt – sofern deine Freundin bereit ist, sie zu nehmen.

Meine Freundin nimmt die Pille, reicht das?

Die Pille ist schon extrem zuverlässig. Es passiert nur ganz, ganz, ganz selten, dass eine Frau schwanger wird, wenn sie die Pille immer nach Vorschrift (!) eingenommen hat. Die Pille sorgt aber eben nur dafür, dass die Frau nicht schwanger wird! Vor Krankheiten schützt sie null! Die Pille verhindert also tatsächlich nur, dass ein Baby entsteht.

Jetzt musst also du entscheiden, ob dir das reicht oder du dich zusätzlich schützen möchtest. Wie ich oben schrieb, kann auf Kondome verzichtet werden, wenn alle Beteiligten wissen, dass sie völlig gesund sind. Und wenn du sicher bist, dass deine Freundin gewissenhaft und regelmäßig die Pille nimmt, versteht sich.

Meine Freundin will die Pille nicht nehmen, was jetzt?

Dann benutzt Kondome oder schaut nach anderen Verhütungsmethoden. Deine Freundin ist nicht dazu verpflichtet, die Pille zu nehmen! In der Pille stecken nämlich viele chemische Stoffe und Hormone, die den Körper richtig durcheinanderbringen können. Stell dir mal vor, DU als Junge müsstest jeeeeden Tag eine Pille nehmen, die bei dir *Blutungsstörungen, Blähungen* (ok, die wären witzig), *Übelkeit, Gewichtszunahme, depressive Verstimmungen, Brustspannen, Kopfschmerzen oder geringere Lust auf Sex* verursachen könnte. Da hättest auch keinen Bock drauf, gib's zu! Genau diese Sachen können aber die Nebenwirkungen der Pille sein. Heißt, deine Freundin nimmt ganz schön was in Kauf dafür, dass ihr ohne Kondom vögeln könnt. Wenn sie also keine Lust auf die Pille hat, dann hast du das zu akzeptieren, und ihr nehmt ein Kondom oder nutzt andere Verhütungsmethoden, wie zum Beispiel ein Diaphragma. Das kann man sich wie eine Art kleine Badekappe vorstellen, die vor dem Sex tief ins Innere der Scheide eingeführt wird. Diese Kappe verhindert, dass Sperma in die Gebärmutter gelangt. Die Anwendung braucht allerdings ein bisschen Übung.

Profitipp: Nein! «Rausziehen bevor es kommt» ist KEINE Verhütungsmethode! Wirklich nicht.

Worauf muss man(n) beim Kauf von Kondomen achten?

Beim Kondomkauf gibt es eigentlich nur drei einfache Dinge, die man beachten muss:

1. Das CE-Prüfzeichen muss drauf sein. Dieses Zeichen bedeutet, dass das Kondom vor dem Einpacken getestet wurde und es einwandfrei funktioniert. (Getestet? Von Menschen??? Ja, genau. In jeder Kondomfabrik liegt ein hoch bezahltes Pornopärchen im Bett und knattert pausenlos jedes einzelne Kondom durch, hahaha. Nein! Maschinen prüfen die Kondome auf kleinste Löcher und verpacken die Gummis anschließend absolut steril und sicher.)
2. Das Haltbarkeitsdatum muss stimmen. Angenommen, auf dem Kondom steht 2025-04, dann ist das Kondom noch bis zum Jahr 2025 im April (04 = 4. Monat = April) benutzbar. Abgelaufene Kondome auf keinen Fall mehr benutzen, weil sie dann nicht mehr elastisch sind und schnell reißen!
3. Die korrekte Größe kaufen! Kondome müssen passen! Denn ein großes Kondom auf einem kleinen Penis kann abrutschen, und ein kleines Kondom auf einem riesigen Penis kann reißen ... und fühlt sich doof an. Es ist also extrem wichtig, dass ihr Kondome passend zu eurer Pimmelgröße kauft und nicht passend zu eurem Ego. In den Laden zu gehen und sich die XXL-Anakonda-Babo-Gummis zu holen, obwohl ihr untenrum eher so Kinderfernsehen habt, ist falsch. Das bietet euch keinerlei Schutz! Seid ehrlich zu euch selbst!

Wie bekomme ich die richtige Größe heraus?

Vorweg vielleicht ganz interessant zu wissen: Die Penis*länge* ist beim Kondomkauf egal! Alle Kondome sind mehr oder weniger gleich lang (meist so ca. 18 cm. Falls du tatsääächlich einen längeren Dödel haben solltest, ist das aber nicht schlimm! Die 18 cm reichen zum Schutz vollkommen aus!)

Viel wichtiger beim Kondomkauf ist die Penis*breite*! Die meisten «Standardkondome» sind um die 52 mm breit. Aktuelle Statistiken zeigen aber, dass Penisse tendenziell immer länger bzw. dicker werden und somit etwas größere Kondome wohl angenehmer passen: Kondome mit um die 55 mm eignen sich dann wahrscheinlich besser. Diese Zahl steht meist nur ganz, ganz klein auf der Rückseite der Kondomverpackung. Da muss man manchmal länger nach suchen, ist aber wichtig!

Ihr müsst euren Penis auch gar nicht wirklich messen, denn es gibt einen total einfachen Trick. Dafür braucht ihr 'ne Latte und eine normale Klorolle – egal ob leer oder noch mit Klopapier drum herum.

Wenn dein steifer Penis so bombastisch fett ist, dass er absolut-überhaupt-gar-kein-Stück-niemals-nicht-kein-bisschen-auch-nicht-mit-etwas-Drücken-und-Quetschen in diese Klorolle passt, dann benötigst du Kondome ab einer Größe von ca. 59 mm und mehr.

Wenn dein steifer Penis eigentlich ganz gut passt, vielleicht noch hier und da ein wenig Luft hat, dann brauchst du Kondome um die 56 mm, je nachdem.

Und wenn du siehst, dass in die Klorolle auch irgendwie noch ein zweiter Schwanz passen würde, dann sind Kondome um die 50 mm dein Ding.

Wichtig ist, dass überhaupt ein Kondom am Start ist. Ein nicht perfekt passendes Kondom ist immer noch besser als gar keines! ☝️

DAS IST WICHTIG: Nur weil auf der Verpackung «XXL» oder «Magnum» steht, heißt das gar nichts! Das dürfen Händler nämlich einfach so draufschreiben, auch wenn ein mini kleines Kondom drin ist. *Die Maßzahl ist wichtig!*

Ab wann darf ich Kondome kaufen?

Immer! Für Kondome (und auch auf Gleitgel) gibt es keine Altersbeschränkung! Heißt also, dass selbst Fünfjährige Kondome kaufen könnten. (Ja, jetzt kommen die Schlaumeier von wegen *geschäftsfähig* und *viel zu jung*, jaaahaaa stimmt schon, es geht hier aber ums Prinzip, you know?! 😎) Wenn dir also die Person an der Kasse keine Kondome verkaufen will, weil du «dafür noch zu jung bist», ist sie im Unrecht! Problem an der Sache ist jedoch, dass die Person Hausrecht hat und sich tatsächlich weigern kann, dir Dinge zu verkaufen. In diesem Fall ist es also ratsam, gute Argumente zu haben, wie zum Beispiel:

- «Ich weiß, ich sehe jünger aus, aber ich bin alt genug, um Verantwortung für mein Leben zu übernehmen!»
- «Ich bin alt genug, um Sex zu haben, und ich brauche Ihnen sicher nicht erklären, warum ich mich und meine Freundin schützen möchte. Danke.»
- «Auf Kondome gibt es keine Altersbeschränkung. Wäre ja auch Quatsch, weil sich Leute ja schützen sollen … und zwar in JEDEM Alter!»
- «Ich soll mich also lieber mit Krankheiten anstecken, weil Sie meinen, ich sei zu jung dafür?»

- «Sie wollen also lieber, dass meine Freundin schwanger wird und sie dann eine schmerzhafte Abtreibung durchmachen muss?»
- «Sie riskieren also lieber mein Leben, weil Sie meinen, ich sei zu jung für Sex?»

Wenn das alles nichts bringt, dann fragt einfach die Person hinter euch, ob sie die Kondome für euch kaufen mag. So viel Mut macht bestimmt auch auf den Kassenmenschen Eindruck. Anschließend schreibt ihr dennoch eine (freundliche!) Mail an die Geschäftszentrale und schildert, was passiert ist. Ernsthaft!

Worauf muss man(n) beim Überziehen achten?

Die meisten «Kondomunfälle» passieren tatsächlich dadurch, dass das Kondom falsch an- bzw. übergezogen wurde! Daher jetzt also aufgepasst, es ist echt mega easy, wenn man es ein, zwei Mal trainiert hat. Kauf dir einfach mal eine Packung Kondome und probiere es aus. Holste dir eben damit direkt einen runter, dann isses nicht verschwendet, haha. Fühlt sich auch wieder ganz spannend an.

Natürlich muss die Packung unversehrt, also heil sein. Sprich, sie darf keine Löcher haben und sie muss sich noch anfühlen, als sei da ein kleines Luftpolster drin.

1. Ihr braucht 'ne Latte! Nicht das Kondom über den schlaffen Pimmel ziehen. Das Ding muss hart sein!

2. Kondompackung an der geriffelten Seite vorsichtig, nur mit den Fingerkuppen aufreißen. Keine Fingernägel, keine Zähne, keine Kettensäge!
3. Kondom herausnehmen und darauf achten, dass die Rolle außen ist.
4. Spitze des Kondoms mit Daumen und Zeigefinger zusammendrücken, damit dort etwas Material übrig bleibt. In diese Spitze (Reservoir) kommt später euer Sperma, daher sollte da so wenig wie möglich Luft drin sein.
5. Vorhaut bis hinter die Eichel zurückziehen! (Geht nicht? Schau mal auf **Seite 56.**)
6. Kondom auf die Eichelspitze ansetzen und mit der anderen Hand so weit abrollen wie möglich. Der ganze Penisschaft muss eingepackt sein (Eier bleiben draußen) ... Na ja, es sei denn, dein Teil ist sooooo riesig, dass es länger als das Kondom ist. Dann ist's auch ok, wenn das Kondom nicht bis zum Ende geht.

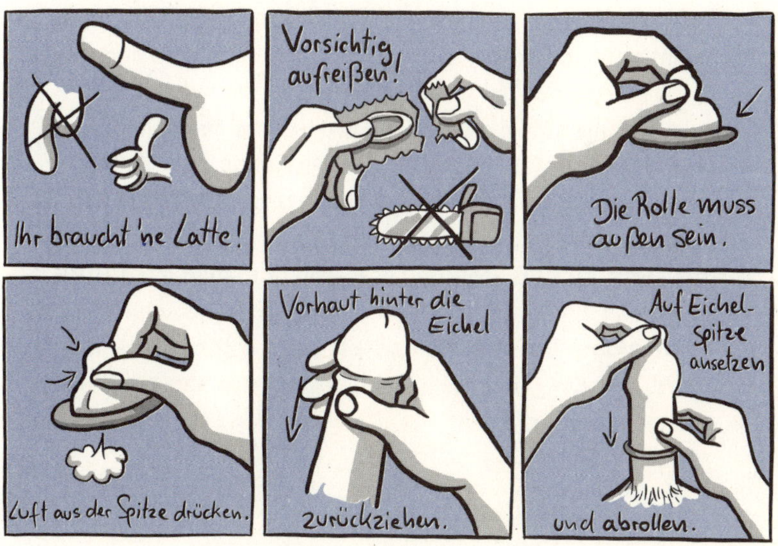

7. Wenn sich deine Vorhaut jetzt wieder nach vorne rollt und das Kondom zwischen Eichel und Vorhaut einklemmt, dann ist das absolut ok! Das ist ja der Job der Vorhaut. Spätestens wenn du den Penis einführst, schiebt sie sich ja wieder zurück.

Was mache ich mit dem Kondom, nachdem ich reingespritzt habe?

Sofern du dann noch in deiner Partnerin oder deinem Partner steckst, hältst du das Kondom unbedingt beim Herausziehen fest! Denn nach 'm Abspritzen wird unser Penis ja gern schnell schlaff. Er verliert an Dicke. Das kann dazu führen, dass zwar dein Penis aus dem anderen Körper herauskommt, aber das Kondom stecken bleibt.

Auch wenn man es nicht glauben mag: Das bekommt man tatsächlich ganz, ganz schwer wieder aus dem Körper heraus! Nicht selten muss man dann ins Krankenhaus. Also noch mal: Beim Rausziehen Kondom festhalten!

Kondome auf keinen Fall ein zweites Mal verwenden! Kondome sind Einfick-, ähm, Einmal-Produkte. Also sobald du reingebuttert hast, einfach vom Penis abziehen. Achte darauf, dass nichts von deiner Suppe heraustropft, mach 'nen Knoten rein, und dann schmeißt du es in den normalen Müll! NICHT INS KLO! Kondome verstopfen Toiletten ganz schnell, und wenn Mama dann später aufs Klo geht, kommt ihr - sprichwörtlich - die ganze Scheiße entgegen. Also: nur in den normalen Müll schmeißen!

Wo und wie lagere ich Kondome?

Richtig: Bei Zimmertemperatur, egal ob im Schrank, unterm Bett oder für alle sichtbar in einer beleuchteten Schale auf'm Schreibtisch. Das bleibt dir überlassen. Wenn du ein Kondom zum Feiern oder zum Date mitnehmen willst, dann einfach nur in die vordere leere Hosen- oder Jackentasche stecken.

Falsch: Nicht im Portemonnaie! Denn da geht es sofort kaputt. Du sitzt drauf, da sind scharfkantige Geldstücke und Karten drin. Absolutes No-go! Nicht in die Sonne legen! Nicht in den Kühlschrank! Nicht zusammen mit Schlüsseln oder anderen Gegenständen in der Hosentasche transportieren! Nicht draufsetzen!

Das Ding soll «dein Leben retten» (sehr übertrieben gesagt) – dann behandle es auch so.

ORGASMUS IM HERZ. LIEBE UND PARTNERSCHAFT

Boah, da hat man gerade erst entdeckt, wie das Teil zwischen den Beinen funktioniert und wie gut sich das Gefummel daran anfühlt – und, bäm, kommt plötzlich noch ein neues Gefühl dazu. Irgendwas in der Höhe vom Herz. Könnte aber auch im Magen sein. Oder sogar im Darm. Oder im Kopf. Also irgendwie überall. Romantiker sagen «Schmetterlinge im Bauch», Zyniker sagen «rosarote Brille». Im Grunde geht es aber um die «Liebe».

Liebe ist tatsächlich ein Gefühl, das den ganzen Körper betrifft. Jede*r empfindet sie irgendwie anders und beschreibt sie auch unterschiedlich. Sie ist ein Gefühl, welches man nicht sicher verorten kann, aber es stellt dein Leben kurzzeitig komplett auf den Kopf. Denn sobald du an die Person denkst, in die du dich verliebt hast, oder sie auf dem Schulhof siehst, ist der Himmel plötzlich viel blauer, die Sonne viel wärmer. Alles geht dir lockerer von der Hand. Du hast viel, viel mehr Energie, und im Magen breitet sich ein verrücktes Gefühl aus, das irgendwas zwischen Aufregung und Dünnschiss andeutet. Gucken wir uns das doch mal genauer an.

ICH BIN VERLIEBT

Yeah, voll gut! Oder doch nicht? Na ja, kommt halt immer drauf an, wie es läuft. Denn *Verliebtsein* ist einerseits natürlich immer super aufregend: Plötzlich ist da diese andere Person, und man ist total unsicher und ängstlich, gleichzeitig aber auf wundersame Weise auch total glücklich, voller Energie und kann gar nicht genug von der Person bekommen. Andererseits ist es richtig blöd, wenn sie diese Verliebtheit nicht erwidert oder noch gar nichts davon weiß und man sich jetzt den ganzen Tag den Kopf darüber zerbricht, wie das alles nur weitergehen soll.

Die erste rosa Brille

Und damit sind wir auch schon direkt beim Thema. Ich habe es jetzt mal «die *erste* rosa Brille» genannt, denn – glaubt mir – es wird jedes verkackte Mal wieder so sein, wenn ihr verliebt seid. Egal, wie alt ihr seid. Die Gefühle sind immer gleich, nur lernt man irgendwann, wie man diese Gefühle anders/schneller/besser in die richtigen Bahnen lenken kann.

Warum überhaupt «rosa Brille»? Das nennt man halt so. Das Sprichwort «alles durch die rosa Brille sehen» bedeutet im Grunde, dass jemand so sehr verliebt ist, dass diese Person den Blick für andere Dinge, vielleicht auch negative Eigenschaften verliert. Das macht den Reiz von Verliebt- oder Verknalltsein ja aber auch aus. Moment, verliebt *oder* verknallt? Wo ist denn da der Unterschied?

Gute Frage! Kann man aber schlecht beantworten. Für manche ist es dasselbe, für mich besteht da aber schon ein kleiner Unterschied. Im Grunde muss das natürlich jeder selbst fühlen. Eine Definition könnte sein:

Verknallt: Man hat sich in eine Person *verschossen*. Haha, direkt schon wieder so ein Wischiwaschi-Wort. Verknallt ist – meiner Meinung nach – die Vorstufe von *Verliebtsein*. Verliebt ist also irgendwie noch mehr. Man ist verknallt, wenn man irgendwo in der Stadt, auf einer Party, im Urlaub, eine Person sieht, die einem total gefällt und es beim Anblick oder Quatschen wohlig kribbelt im Bauch. Die Person sieht also super aus, hat vielleicht eine tolle Art, sich zu bewegen. Zu Hause denkt man dann gern an diese Situationen zurück und würde sich über ein Wiedersehen freuen. Oma und Opa würden dazu wahrscheinlich *Schwärmerei* sagen.

Verliebt: Das Wort kommt ja von *Liebe*. Heißt, die ganze Phase des *Verknalltseins* hat man bereits hinter sich, man unternimmt wahrscheinlich schon viel mit der angehimmelten Person, hatte vielleicht auch schon Sex miteinander und ist dabei, in eine handfeste Beziehung zu rutschen. Mit anderen Worten: Das ganze «Kennenlernen» ist durch, man ist eine Stufe weiter. Wenn es dir dann das Herz aus der Brust reißt, sobald die andere Person nicht da ist, weil sie auf Klassenfahrt fährt oder mit den Eltern in den Urlaub oder viele Hausaufgaben hat oder nicht mehr auf WhatsApp antwortet oder, oder, oder ... – dann kannste davon ausgehen, dass du ordentlich verliebt bist. Wenn Verknalltsein schon krass ist, dann ist Verliebtsein noch zehnmal krasser.

Was mache ich denn jetzt?!

Nun gut, jetzt trägst du also deine erste rosa Brille. Du hast eine Person getroffen, die dir nicht mehr aus dem Kopf geht. Das ist erst mal super schön! Vielleicht beim ersten Mal komisch, aber im Grunde toll! Wie geht es jetzt weiter? Na ja, du hast mehrere Möglichkeiten:

1. **Du behältst es für dich.** Ist das ein guter Plan? Hm, muss jeder selbst entscheiden, was? Wenn du niemandem was erzählst, hast du zwar einerseits deine Ruhe, hast deine Fantasien für dich und kannst dir mit der angebeteten Person eine blühende Zukunft ausmalen, ohne dass dich jemand dabei stört (oder du abgewiesen wirst). Andererseits bleibst du eben auch auf der Stelle stehen. Denn wenn du nichts unternimmst, wirst du dieser Person auch nicht näherkommen! Deine Gedanken kann ja niemand lesen. 😉

2. **Du erzählst es im Freundeskreis.** Das wäre ein Anfang und könnte extrem hilfreich sein, aber eben auch total nach hinten losgehen. Je nachdem, wie deine Freunde so drauf sind. Wenn du Pech hast, behalten sie es nicht für sich, und die Info spricht sich super schnell an eurer Schule herum. Das wird natürlich dazu führen, dass deine Flamme davon erfährt. Dadurch kommt ihr euch dann eventuell näher. Es kaaaann aber eben auch total creepy werden, weil sie sich bloßgestellt fühlt und nun erst recht keinen Kontakt zu dir haben will, um nicht mehr Gesprächsthema zu sein. Bei mir in der Schule hingen die Liebesbriefe plötzlich neben dem Vertretungsplan. Für alle sichtbar. Nicht schön für die Beteiligten! Malen wir den Teufel aber nicht an die Wand:

Wenn dein Freundeskreis mit solchen Informationen gut umgehen kann, kannst du es deinen Kumpels ruhig sagen.

3. **Schick einen Freund vor, der mit deiner Flamme sprechen soll.** Bitte nicht. Bitte lass das sein! Das ist total spooky! Stell dir vor, zu dir kommt ein komplett fremdes Mädchen und sagt: «XY findet dich total toll, traut sich aber nicht, dich anzusprechen, aber hier ist die Nummer.» Hilfe! Da kommste dir auch doof vor, oder? Wenn das die für dich beste Methode ist, dann go, aber nee, nee, lass das mal lieber sein. Denn die beste Methode ist immer:

4. **Sprich direkt mit deinem Schwarm!** Waaaaaas? Aber wie? Was soll ich denn sagen? Echt? Wie soll ich starten? Kann ich auch schreiben? Per WhatsApp? Aber ich habe die Nummer doch gar nicht! Wie soll ich die bekommen? Und was mache ich, wenn sie nicht antwortet? UND WAS MACHE ICH, WENN SIE ANTWORTET? AAAAAAAAAAAAAAAAAA HHHHHHHHHH.
   Digga! Chill! Niemand verlangt, dass ihr nach der ersten Nachricht heiratet, und niemand verlangt, dass du ihr die Füße küssen, äh, vor die Füße fallen sollst. Ganz entspannt! Mit dem direkten Ansprechen zeigst du gleich mehrere Dinge: Du weißt, was du willst. Du bist selbstsicher, weil du eben keinen Kumpel vorschickst. Du bist mutig. Du schützt deine und vor allem ihre Privatsphäre, weil nicht schon davor die ganze Schule darüber tratscht. Du hebst dich dadurch von anderen Jungs ab.
   Realistischer ist es aber wohl, dass du eher ihre Nummer oder ihr Insta/Snapchat/etc.-Profil hast und ihr dort schreibst. Schreiben ist für die ersten Male nicht verkehrt, aber dann bitte vernünftig! ☝

Wie kann ich ein Gespräch/Chat starten?

Auf gar keinen Fall mit einem dummen Anmachspruch! Ein guter Start wäre einfach erst mal ein «Hallo!» und dann bitte, bitte, bitte *kein* «Na, alles klar?», «Wie geht's dir?» oder ähnlich belanglosen Kack hinterher.

Ja, war schön. Tschüss. Danke, *so* bitte nicht!

Ich kann es absolut verstehen, dass man in solchen Situationen nicht sofort was Schlagfertiges am Start hat, aber genau aus diesem Grund schreibt ihr ja, und du kannst dir Zeit lassen! Du musst nicht in den ersten zwei Sekunden direkt antworten. Atme vor jeder Antwort kurz durch und überleg, wie es weitergehen könnte.

Besser als «Na?!» zu schreiben ist es, sich auf irgendwas Aktuelles zu beziehen. Etwas, das euch gerade beschäftigt. Neulich war an einer Schule zum Beispiel ganz groß das Thema, dass Klassen neu verteilt werden sollen zum Halbjahr. So was ist ein guter Aufhänger. Oder du fragst, ob sie schon mit dem Lernen für irgendeine Klausur angefangen hat.

Oder meinetwegen, ob sie schon Film XY gesehen hat oder auf dieses oder jenes Konzert geht. Ja, so was kann auch die erste Frage sein!

Oder wenn man sich auf einer Party sieht und dort den Mut hat, das Gespräch zu starten, dann wäre ein «*Hi! Wir spielen drüben Beerpong, spielen wir zusammen?*» oder ein «*Hi! Du bist bei Frau Klötenkemper in der Klasse, ne? Voll gut, dass wir jetzt alle was gemeinsam machen, oder?*» um Weeeeelten besser als «Na, alles klar bei dir?!» *würg* Findste nicht auch? 🙈

Ein richtiger Date-Master wirst du, wenn du es schaffst, nicht in den Interview-Modus zu verfallen. Also nicht immer Frage-auf-Antwort-auf-Frage-auf-Antwort folgt, sondern ein normales Gespräch entsteht, wie bei deinen Kumpels. Denen fragst du ja auch kein Loch in den Bauch, sondern ihr unterhaltet euch einfach.

Wichtig ist natürlich immer, dass von beiden Seiten etwas kommt. Sobald einer von beiden nur mit «Ja/Nein» antwortet, keine Rückfragen stellt oder nichts von sich aus erzählt, kann das nichts werden. Eine Unterhaltung entsteht bei gegenseitigem Interesse aber von ganz allein – und wenn kein gegenseitiges Interesse besteht, dann halt leider nicht. Wenn du dir also beim Schreiben/Reden ein Bein ausreißt und versuchst, ein Gespräch zu führen, aber von der anderen Seite kommt so gar nichts, dann musst du akzeptieren, dass die andere Person nichts von dir will. Das ist zwar blöd, gehört aber leider dazu.

Wir haben alle unsere eigenen Geschmäcker und stehen auf unterschiedliche Dinge bzw. Personen. Man kann *nichts erzwingen!* Aber hey, eine Abfuhr ist nicht schlimm! Allein, dass du den Mut hattest, sie oder ihn anzusprechen, war das Ziel. *Das* war der Erfolg!

Wohin zum ersten Date?

Hab ich schon gesagt, ich sag's nochmal, damit es deutlich wird: nicht ins Kino. Ernsthaft, nicht ins Kino. Bei einem Date möchte man sich doch kennenlernen. Im Kino sitzt man nur nebeneinander, man unterhält sich davor nicht wirklich viel, sondern steht nur verschüchtert an der Kasse, weil man nicht weiß, wer bezahlt, was man zwischen Bezahlen und In-den-Saal-Gehen macht und überhaupt. Dann sitzt man da doof rum, während die Werbung läuft. Während des Films weiß man nicht, was man tun soll. Hand nehmen? Arm umlegen? Film kommentieren? Nach dem Film geht es awkward weiter, weil es schon spät ist und man nur noch zusammen durch die Stadt oder zur Haltestelle geht oder, noch schlimmer, man wartet gemeinsam, dass die Eltern einen abholen, blabla.

Einige Leute meinen vielleicht: «Aber man geht doch ins Kino, damit man sich später über den Film unterhalten kann.» Hmmm ... Man sitzt zwei Stunden in einem dunklen Saal, um später drei Sätze zu reden: «Wie fandst du ihn?» – «Gut/Geht. Und du?» – «Joa, auch.» Machen wir uns doch nichts vor – so laufen die Gespräche darüber. 😉

Also: nicht ins Kino! Kino ist meinetwegen was fürs dritte oder vierte Date. Wenn man schon weiß, dass man vielleicht etwas kuscheln kann oder nicht mehr diese dämlichen ersten Gespräche führt.

Wesentlich besser sind also Treffen, bei denen ihr was erlebt, positive Erinnerungen entstehen und bei denen man sich näherkommt. Bei denen man sich auch mal mit der Aktion als solches beschäftigen kann und nicht immer Frage-Antwort spielen muss.

Einige gute *Beispiele* sind also: Geht Minigolfen. Nie gemacht? Perfekt, bringt es euch gegenseitig bei und lacht über eure Unfähigkeit! Geht in einen Kletterpark! Ihr könnt euch gegenseitig absichern und ermutigen. Wenn eure Eltern cool sind, dann backt (allein!) 'ne Pizza bei irgendwem zu Hause. Also so richtig mit Teig und Soße und Belegen und nicht einfach 'ne Tiefkühlpizza. Geht meinetwegen auch Porzellan anmalen! WHAT?! Ja, in manchen Städten kann man sich blanko Teller/Tassen/Schüsseln kaufen und anschließend bemalen. Jaaa, klingt ultra dämlich, ist aber eben so dermaßen außergewöhnlich, dass deine Flamme dich immer mit diesem verrückten Erlebnis abspeichern wird und dich eben nicht nur als den Typen erinnert, der zwei Sätze im Kino gesagt hat.

Von Vorteil ist, wenn du alles mit Humor nimmst (nein, das heißt *nicht*, die ganze Zeit dämliche Witze zu reißen). Ein Date muss Spaß machen. Ein Date ist *kein* Interview oder ein Bewerbungsgespräch! Dein Gegenüber hat ja auch Bock darauf, Zeit mit dir zu verbringen und dich kennenzulernen. Keine Person geht zu einem Date, weil sie dahin *muss*. Heißt, entspann dich! Denn glaub mir: Die andere Person ist mindestens so aufgeregt wie du. Beide haben Angst, sich zu blamieren. Beide haben Angst, was Dämliches zu sagen oder zu machen. Beide haben Angst, dass der andere einen doch nicht gut findet. Beide haben Angst, aus dem Date als «Verlierer» rauszugehen. Je lockerer und entspannter du also an die Sache rangehst, desto schöner und einfacher wird das Date. Wenn was Dämliches passiert, dann ist das nicht peinlich und zum Heulen, sondern lustig – und im besten Fall könnt ihr beide drüber lachen! Lacht darüber! Lacht, was das Zeug hält!

BEN ERZÄHLT AUS SEINEM LEBEN

Ich habe zum Beispiel mal ein erstes Date direkt am Rhein organisiert. Ich wusste, dass dort an einigen Stellen kleine Feuereimer stehen. Also besorgte ich Würstchen aus dem Supermarkt und sammelte etwas Brennholz. Am Rhein haben wir dann ein (sicheres) Lagerfeuer gemacht und die Würstchen am Stock gegrillt. Das war eine romantische Atmosphäre. Keiner von uns beiden hatte so was vorher gemacht. Wir waren allein, so hat also auch keiner unser peinliches Rumgestotter gehört, und wir mussten uns nicht schämen, wenn wir vielleicht was Dämliches sagten. Wir rückten von Minute zu Minute näher aneinander. Ende vom Lied: Wir kamen nicht zusammen.

Alle guten Voraussetzungen waren zwar da, aber es hat dann doch nicht gepasst. Aber das ist nicht schlimm. Denn wie schon oben gesagt, allein diese Aktion durchzuziehen war der Erfolg! Und ganz im Ernst, noch heute erzählt die Person davon, dass unser erstes Date eines der schönsten war, das jemals jemand für sie arrangiert hat. Die Aktion war also gut – für alles Weitere waren wir halt nicht gemacht.

Wie bekomme ich Sex beim ersten Date?

Ooooh, diese Frage höre ich ziemlich oft. «Wie bekomme ich meinen Schwarm direkt beim ersten Date ins Bett?» Knallharte Wahrheit: gar nicht! Schmink dir das ab!

Ernsthaft! Verabschiedet euch von dem Gedanken, dass ihr beim ersten Date wild knutscht oder sogar im Bett landet. Das wird *nicht* passieren! Das höchste der Gefühle ist vielleiiiiiicht ein kleiner Abschiedskuss, wenn das Date wirklich gut war.

Ok, also ja, zugegeben: Je älter man wird, desto eher kann es tatsächlich passieren, dass man doch direkt in der Kiste landet. Dann kann es sogar sein, dass man sich nur zum Knattern verabredet! Ja, tatsächlich. Aber das passiert in den meisten Fällen erst dann, wenn man z. B. seine eigene Wohnung hat und weiß, wie der Hase läuft. In euren jungen Jahren ist das also sehr, sehr, sehr unwahrscheinlich.

Daher: erstes Date ≠ Sex!

Wie eingangs gesagt, ist vielleicht ein kurzer Kuss drin, wenn das Date toll war. Geht also lieber davon aus, dass eine Umarmung zum Abschied das Zeichen für ein gelungenes Date ist. Alles, was zusätzlich passiert, zeigt noch deutlicher, wie sehr ihr euch mögt.

Und wie sieht's mit küssen bei den ersten Dates aus?

Schwierige Frage, könnte aber klappen! Wenn du der Meinung bist, dass die Situation passt und ihr euch während eines Dates schon sehr nahegekommen seid, dann probiere es! Ernsthaft. Denn vielleicht wartet dein Schwarm ja darauf und freut sich darüber, dass du den ersten Schritt gemacht hast. Wenn du allerdings mit deiner Einschätzung falsch liegst, dann könnte das auch der mega Cringe werden. Kompromiss: Gib ein Küsschen auf die Wange und guck, wie sie reagiert.

Der erste Glasbruch: Liebeskummer

Ach fuck ... Eines der beschissensten Kapitel unseres Lebens. Dieses miese Gefühl kennen wirklich alle Menschen. So wie wohl jeder Mensch das Gefühl von *Verliebtsein* kennt, kennt wohl auch jeder Mensch das pure Gegenteil: *Liebeskummer.* Der Mist ist auch leider keine Sache, den nur Jugendliche in der Pubertät kennen. Nee, Liebeskummer bleibt das ganze Leben gleich. Gleich schlimm. Egal, ob man 13 oder 43 oder 73 Jahre alt ist. Immer, wenn man einen geliebten Menschen (oder Haustier) verliert, ist der Schmerz da.

Es ist schwierig, mit dem Thema anzufangen. Denn die Leute von euch, die noch nie Liebeskummer hatten, können ihn sich nicht wirklich vorstellen, und alle, die schon mal Liebeskummer hatten, wissen nur zu gut, was ich in den nächsten Zeilen meine.

Kann man Liebeskummer mit irgendwas vergleichen?

Das ist schwierig, weil jeder Mensch Liebeskummer etwas anders empfindet. Liebeskummer fühlt sich an wie *extrem starke Zurückweisung + gleichzeitige Angst vor einer extrem schlechten Zensur, welche die Versetzung gefährdet.*

Stellt euch vor, der gesamte Freundeskreis geht gemeinsam ins Kino oder fährt zusammen ins Schwimmbad, jedoch sagen alle gleichzeitig: «Wir wollen *dich* aber *nicht* dabeihaben!» PLUS du musst deinen Eltern noch erzählen, dass du die Klasse wiederholen musst, weil du nicht genug gelernt hast. Dieses plötzliche Gefühl der Zurückweisung und des extremen Selbstzweifels beschreibt Liebeskummer eigentlich ganz gut im Ansatz – nur kann Liebeskummer auch noch 'ne ganze Portion heftiger sein.

Liebeskummer ist, meinem Empfinden nach, eines der schlimmsten Gefühle, die ein Mensch fühlen kann. Es ist kein körperlicher Schmerz, wie zum Beispiel ein Schnitt mit dem Messer oder ein verstauchter/gebrochener Fuß. Nee, Liebeskummer ist ein extrem mieses Gefühl, welches sich von innen im gesamten Körper ausbreitet. Man kann an nichts anderes mehr denken. Ewig die gleichen Fragen im Kopf: Warum / wieso / wegen was / wegen wem? Man kann nichts essen. Man will nur schlafen und kann es nicht. Man ist nur am Heulen. Das Herz ist schwer. Man sitzt die ganze Zeit auf'm Klo, weil sich einem der Magen umdreht. Wenn es einem dann gerade einigermaßen besser geht, dann kommen wieder die vielen, vielen Erinnerungen in den Kopf, und der ganze Mist beginnt von vorn. Es reicht, bestimmte Wörter zu hören, an Orte zu gehen, an denen man früher gemeinsam war, oder dass das gemeinsame Lieblingslied gespielt wird – und schon wieder fällt man in dieses extrem dunkle Loch.

Man realisiert, was man alles verloren hat. Man realisiert, dass die Person, die sonst immer da war, mit der man zusammen eingeschlafen ist, von der man körperliche Nähe bekommen hat, mit der man zusammen im Urlaub war, mit der man viele tolle Dinge erlebt hat und auf die man sich immer verlassen konnte ... – dass diese Person nicht mehr das Leben mit einem verbringen möchte, und man jetzt wieder «alleine» ist.

Wie lange dauert Liebeskummer?

Interessant finde ich, dass die Dauer der Beziehung überhaupt keine Rolle spielt für die Dauer des Liebeskummers. Selbst eine kurze Beziehung von vielleicht zwei Monaten kann Liebeskummer auslösen, der ein halbes Jahr bleibt. Und Beziehungen, die nach vielleicht zwei Jahren auseinanderbrechen, verursachen gar keinen so langen Liebeskummer.

Jeder Mensch verarbeitet eine Trennung auf sehr unterschiedliche Art und Weise. Manche Menschen fallen ab dem Moment der Trennung («Wir müssen reden, ich mache Schluss mit dir!») schon in ein unfassbar großes Loch, und andere sind im ersten Moment noch total gefasst und drehen dann nach z. B. einer Woche total am Rad. Manche können sich extrem gut ablenken und sind nach außen das blühende Leben, aber innerlich sind sie total verzweifelt. Jeder Mensch reagiert anders in dieser Zeit.

Was kann man gegen Liebeskummer tun?

Natürlich möchte man nicht die ganze Zeit in dieser depressiven Verfassung sein. Denn das zieht einen ja extrem runter. Es laugt einen aus, man unternimmt nichts mehr, man hat keinen Spaß mehr am Leben, man lacht nicht mehr. Das steht einem am Anfang auch alles zu. Egal, wie sehr man sich anstrengen würde, man könnte eh keinen Spaß haben, weil es die Gefühle einfach nicht zulassen. Irgendwann muss man dann aber den Arsch hochbekommen und aktiv etwas dagegen tun.

Was definitiv nicht klappt, das habe ich in meinem bisherigen Leben gelernt: sich in eine billige Ersatzbeziehung zu stürzen. Egal, ob zum Knutschen, zum Bumsen, zum Filmegucken usw. Es ist nicht dasselbe, und es wird dich niemals aus dem Loch herausholen. Du würdest in jeder Sekunde, die du mit dem «Ersatzmenschen» unterwegs bist, alles mit der verlorenen Person vergleichen. An jeder Stelle, bei jedem Satz denkst du nur an die verflossene Liebe. Das kann's also nicht sein. Und ist, nebenbei bemerkt, auch diesem «Ersatzmenschen» gegenüber nicht wirklich fair.

Ablenkung und darüber sprechen helfen aber ungemein. Ablenken ist auch gar nicht so schwierig. Einfach (wieder) mehr mit den Freunden unternehmen und ihnen vielleicht sogar bewusst sagen, dass es dir «ja derzeit nicht so gut geht wegen der Trennung», aber du gerne was mit ihnen machen willst. Gesteh dir zu, dass du dann noch immer oft traurig sein wirst, aber immerhin hast du schon damit begonnen, aus dem dunklen depressiven Loch herauszuklettern. Und das ist das Wichtigste! Der Clou ist, dass der Liebeskummer von Mal zu Mal, von Woche zu Woche, von Tag zu Tag weniger wird.

Bis der Liebeskummer verschwindet, dauert es halt seine Zeit, aber er wird stetig weniger, und von daher passt auch hier dieser dämliche Spruch: «Die Zeit heilt alle Wunden». Durchhalten!

Wie bekomme ich sie / ihn zurück?

Ich sage es direkt in aller Deutlichkeit: gar nicht. Wenn du diese Person jetzt immer weiter belaberst, ihr ständig schreibst, bei ihr klingelst, sie anbettelst ... – das macht alles noch viel, viel schlimmer.

Wechsle – wie immer – die Perspektiven: Stell dir vor, du trennst dich von jemanden, weil du einfach keine Beziehung mehr mit dieser Person haben willst, und dann hast du jeden Tag mehrere Messages oder Anrufe von dieser Person. Noch bildlicher: Stell dir vor, du gehst durch den Supermarkt, und jemand will dir Bananen verkaufen. Du willst aber keine. Die Person läuft dir aber jetzt bis nach Hause hinterher und nervt dich die ganze Zeit mit ihren scheiß Bananen. Genau dieser Bananenverkäufer bist du, wenn du deine verflossene Liebe jetzt noch belaberst.

Auch wenn es derzeit dein größter Wunsch ist, wieder in der Beziehung zu sein und dich Fragen wie «Wo ist sie, was macht sie, wer ist bei ihr?» verrückt machen, bewirkt jede Frage, jede Energie in diese Richtung eine noch viel größere Ablehnung dir gegenüber – und dann sind wir auch schon bei einer waschechten Belästigung. Dann passiert genau das, was du nicht willst: Die betroffene Person distanziert sich immer mehr von dir, und am Ende habt ihr gar nichts mehr füreinander übrig außer Hass.

Liebeskummer ist ein Arschloch

Liebeskummer ist ein ganz beschissenes Accessoire, das man heimlich zur Liebe dazubekommt. Liebe ist auf der einen Seite unfassbar kraftvoll und verleiht euch unfassbar viel Energie und Lebensfreude; aber Liebe hat auf der anderen Seite eben auch diese extrem fiese, ekelhafte, dunkle Seite.

Natürlich sollt ihr euch verlieben. Lasst euch vom eventuellen Liebeskummer nicht schon vorher verunsichern. Liebe ist toll und der Sinn unseres Lebens. Liebe ist stärker als alles, wirklich alles andere auf der Welt. Liebe ist auch stärker als Liebeskummer – nur müssen wir den für eine relativ kurze Zeit ertragen, um unsere nächste Liebe wieder mehr schätzen zu können.

Alles wird gut.

Nur eine Freundin!

Können viele nicht glauben, ist aber so: Man kann auch mit Mädchen nur befreundet sein! Also ohne Liebe, ohne Zärtlichkeiten oder das gegenseitige Spielen an Geschlechtsteilen. Natürlich gehen immer alle davon aus, dass man tiefere Ziele verfolgt, aber davon braucht man sich nicht verunsichern lassen. Was ich da schon alles lesen musste!

Weibliche Freunde zu haben ist nicht unmännlich oder schwul oder nicht möglich oder nur ein Vorwand. Alles Bullshit. Es gibt halt Menschen, mit denen versteht man sich einfach gut. Das heißt aber noch lange nicht, dass man mit ihnen schlafen möchte. Du willst ja schließlich auch nicht mit all deinen Kumpels ins Bett. Ok, der Vergleich hinkt vielleicht etwas, aber im Grunde ist es doch so.

NUR EIN*E KUMPEL*INE!

[Anrede. Beispiel: «Naaa?!» oder «Sei gegrüßt edle Dame/edler Herr/werte Eltern»]

ich weiß, dass ihr irgendwie Bedenken habt, wenn ich ständig bei -- abhänge, «weil da ja was laufen könnte». Nur weiß ich wirklich nicht, wie ich es euch noch deutlicher sagen soll, dass da nichts ist. Ich habe überhaupt kein Interesse, mit ihr/ihm irgendwas Körperliches anzufangen. Wir sind nur Freunde/Freundinnen!
Ihr hängt doch auch mit anderen Menschen rum, ohne gleich übereinander herzufallen! So ist es bei uns auch!

Oder ... warte mal. Ist das bei euch etwa doch anders, und deswegen habt ihr bei mir so eine Angst davor? Habe ich das bisher einfach nur nicht geschnallt, dass das zum Erwachsenwerden dazu gehört? Läuft da immer zwischen euch allen was, wenn ihr unterwegs seid? Echt? Mit allen? Gleichzeitig? Oder läuft da nichts zwischen euch? Nein? Eben. Bei uns auch nicht!

Also bitte keine Nachfragen in dieser Hinsicht und kein verschwörerisches Zuzwinkern mehr, wenn ------------------------------------ da ist. Danke!

[Dein Name]

MÄDCHEN!

Ganz ehrlich: Mädchen sind auch nur Jungs. Und andersrum.

Jaaaa, Mädchen haben hier und da vielleicht andere Interessen oder schminken sich mehr als Jungs. Und Mädchen bluten aus ihrer Mumu. Es gibt da schon Unterschiede, keine Frage. Aber am Ende des Tages sind beide Geschlechter irgendwie gleich. Beide essen, beide furzen, beide haben Lust auf Liebe, Geborgenheit und Nähe. Und, um es mal ganz klar und direkt zu sagen: Ja, auch Mädchen haben Bock auf Sex! So.

Wie ticken Mädchen?

Erste Regel: Entspannt euch und verkrampft euch beim Kennenlernen nicht so. Man muss Mädchen nicht als «mystische Wesen» ansehen. Im Grunde sind sie wie du, nur halt mit weniger Gebammsel untenrum, dafür haben sie davon oben mehr, haha.

Bei Mädchen kann man vielleicht nicht direkt so derbe sein, wie man es eventuell mit seinen Kumpels ist, aber man muss auch nicht jedes Wort oder Handlung in Zuckerwatte packen. Das macht das Ganze nämlich noch komplizierter. Je lockerer, freundschaftlicher und gleichberechtigter ihr mit Mädchen umgeht, desto einfacher habt ihr es und desto unkomplizierter wird der gemeinsame Umgang, weil alle Beteiligten merken, dass sie sich nicht groß verstellen/verkrampfen müssen. So sehen das die Mädels übrigens auch! Die haben nämlich manchmal ebenfalls mega Probleme, Jungs anzusprechen. Wir ticken im Grunde also alle gleich.

Egal ob beim Ansprechen, beim ersten Date, beim Sex: Du kannst mal davon ausgehen, dass beide gleichermaßen aufgeregt und gleichermaßen unsicher sind – und dass beide wahrscheinlich in gewisser Hinsicht Lust auf mehr haben.

Es gibt auch kein «Der Mann muss dies» und «Die Frau muss das». Lasst euch da nichts erzählen! Alle Beteiligten sitzen im selben Boot. Heißt also, auch Mädchen können Jungs ansprechen! Auch Mädchen dürfen Sex haben, mit wem und so oft sie wollen! Auch Jungs dürfen romantisch oder sensibel sein! Rollenbilder sind so was von aus'm letzten Jahrhundert, die brauchen wir nicht mehr. Das Einzige, was beide haben müssen: Respekt füreinander.

Die zehn häufigsten Fragen an Mädchen

In meinen Unterrichtseinheiten lasse ich die Mädchen und die Jungs sich gegenseitig Fragen stellen. Da kam echt schon einiges zusammen. Hier mal die zehn beliebtesten Fragen in einem nahezu repräsentativen Ranking:

10. Fühlt es sich toll an, wenn man sich einen Tampon einführt?

Stellt euch einfach vor, ihr müsstet euch einen Tampon in den Arsch schieben. Jeder, der sich schon mal ein Zäpfchen reindrücken musste, der kann sich ungefähr vorstellen, wie es sich anfühlt, wenn statt des Zäpfchens ein sehr trockener und drei Mal so großer Tampon in den Po müsste. Nun kommt ein Tampon ja in die Scheide, das heißt aber nicht, dass das unbedingt leichter geht. Die Scheide ist eben kein Schlauch, in den man einfach mal so diverse Dinge locker reinschieben kann. Also nein, es fühlt sich nicht toll an.

9. Habt ihr während der Regelblutung Sex?

Manche Frauen schwören darauf, und andere möchten es auf keinen Fall. Das muss jede Frau selbst entscheiden. Manchen Frauen hilft es, die Menstruationsschmerzen/-krämpfe zu lindern, und anderen Frauen tut es dann noch mehr weh. Außerdem habt ihr dann auch ggf. Blut am Penis und auch im Bett. Darf man ja nicht vergessen!

Fragt also eure Freundin, ob sie Sex während der Regelblutung will oder nicht, und akzeptiert die Antwort! Wenn nicht, bleibt dir ja immer noch deine Hand. Haste ja eh viel Übung mit.

8. Warum riecht ihr nach Fisch?

Ooooh, ganz gefährliches Terrain! Sagt das mit dem Fisch auf keinen Fall in der Gegenwart eines Mädchens, das gibt nur Stress. Das ist so, als würden die Mädchen behaupten, Jungs stinken untenrum immer nach vergorenem Käse!

Auch Frauen können natürlich einen strengen Eigengeruch haben. So wie wir Männer eben auch untenrum extrem riechen können (#Eichelkäse #Smegma). Hat unter anderem mit Hygiene, Hormonhaushalt und Ernährung zu tun. Habe ich euch im Kapitel Hygiene ja erklärt **(Seite 77 f).**

7. Warum geht ihr zusammen aufs Klo?

Hier reichen die Antworten von «Damit man auf'm Weg zum Klo nicht blöd angemacht wird» über «Wir lästern über Jungs / das Date» oder «Wir schminken uns nach» bis hin zu «Wir halten uns gegenseitig fest, sodass unser Arsch beim Pinkeln nicht die Klobrille berührt». Mit anderen Worten: Es gibt nicht *den einen* Grund, warum Frauen gern gemeinsam aufs Klo gehen. Für Männer wird es ein ewiges Mysterium bleiben. Was mir aber bisher alle gesagt haben: Frauenklos seien wesentlich dreckiger als Männerklos. Sieh mal an.

6. Wie oft rasiert ihr euch und wo?

So wie wir Männer uns gern die Haare am und ums Gehänge rasieren, machen Frauen das auch. Nun gut, sie haben kein «Gehänge», aber auch sie rasieren sich das Gekrause untenrum weg. Auch hier wieder: nicht alle, das ist keine Pflicht. Hinzu kommt, dass sich viele Frauen auch noch die Beine und die Achseln rasieren. Jede*r, wie sie/er will.

5. Perfektes erstes Date? Da antworten die Mädels oft:
«Bitte nicht ins Kino!» – Das sage ich euch ja auch in meinen Videos. Im Kino passiert einfach nichts. Man sitzt nur doof nebeneinander, beide sind mega unsicher und aufgeregt.

«Ohne Kumpels!» – JA, BITTE! Das ist *euer* Date, kein Gruppentreffen!

«Keine peinlichen Redepausen.» – Na ja, das liegt ja immer an beiden. Wenn eine*r von beiden nur mit «Ja/Nein» antwortet und nicht von sich aus mal mehr erzählt oder was fragt, dann wird das eine ziemlich langweilige Sache.

«Sicher nach Hause bringen.» – Das ist natürlich Gentleman pur! Wenn du es schaffst, das Mädchen noch bis nach Hause oder zu einem Ort zu bringen, von dem aus es sicher nach Hause kommt, dann haste damit schon ordentlich gepunktet.

«Der Junge sollte bezahlen!» – Äääh, nee, Mädels. So nicht! ☝️ Auf der einen Seite immer nach Emanzipation schreien, aber beim ersten Date plötzlich wieder in alte Rollenklischees verfallen? Nee, nee, gerade beim ersten Date ist es ganz clever, dass jede*r sein Zeug selbst bezahlt oooooder dass man sagt fifty-fifty, sofern beide ungefähr die gleichen Dinge hatten! Gerade in jungen Jahren habt ihr alle noch nicht viel Geld. Bei einem Date will man sich kennenlernen und nicht irgendwas geschenkt bekommen. Wenn es einem von euch besonders wichtig ist, für das Essen oder gar den Abend zu bezahlen, dann bitte, aber man sollte es niemals voraussetzen oder als Selbstverständlichkeit sehen!

4. Was ist euch an Jungs äußerlich und charakterlich wichtig?

Oh, die Diskussion dieser Frage ist immer ganz großes Tennis, weil natürlich jedes Mädchen andere Vorstellungen vom perfekten Jungen hat. Die einen stehen auf Muskeln, die anderen auf tolle Haare. Einigen Mädchen sind Haare völlig unwichtig, dafür finden sie eine witzige Art gut. Auf *witzig* stehen wiederum andere nicht, dafür aber auf selbstbewusste und kluge Jungs.

Unterm Strich sind es aber oft die gleichen Punkte, die den Mädels gefallen: Wenn Jungs nicht stinken, ein gepflegtes Aussehen haben, freundlich und keine Machos sind und kurzweilig. Das schafft jeder.

3. Wie groß sind eure Brüste?

Ja, ohne Witz. Diese Frage wird soooo oft gestellt und ist dennoch so zielführend, als wenn die Mädchen fragen würden: «Wie groß sind eure Pimmel?!» Nämlich: gar nicht zielführend. Es gibt keine genaue Antwort, nur eben einen Durchschnittswert – und der variiert dann auch noch abhängig vom Alter. Der Durchschnitt liegt bei ausgewachsenen Frauen in Deutschland derzeit wohl bei einem C-Körbchen – … und jetzt rennen alle wild durch die Wohnung und versuchen sich das vorzustellen, jaja.

2. Wie lang sollte für euch ein Penis sein?

Oha, die größte Angst der Jungs: «Hoffentlich reicht der eigene Dödel aus.» Die erfreuliche Antwort der Mädchen ist dann meistens: «Bloß nicht zu groß!» Aha! Sieh mal an. Große Dödel finden immer nur Jungs untereinander toll. Jedoch sind Mädchen von großen Penissen oft abgeschreckt, weil die beim Sex nämlich ordentlich schmerzen können. Die Natur hat sich schon was dabei gedacht, dass ein durchschnittlich großer Penis für eine durchschnittlich große Scheide am besten ist. Denn der empfindlichste Punkt der Scheide ist nach ca. 10 cm erreicht. Alles weitere ist Bonus – oder wenn du einen besonders großen Dödel hast, ist alles weitere eben auch sehr schmerzhaft.

Ungeschlagen auf Platz 1 – und zwar bei Mädchen wie bei Jungen! – ist aber immer wieder folgende Frage:

1. Wie oft befriedigt ihr euch selbst?

Während die Jungs bei der Findung der Antwort immer eifrig ihre Wichsgewohnheiten wild in den Klassenraum brüllen und versuchen, einen möglichen Durchschnitt zu errechnen, antworten die Mädels oft: «Wir machen es gar nicht!» Woooaaas? Ja, da werden die Augen bei den Jungs immer groß, und die Emotionen schwanken zwischen «Jaja, die verarschen uns doch!» bis hin zu «Echt? Die machen das echt nicht?!»

Aaalso: Unter Jungs gehört es ja fast schon zum guten Ton, über seine Masturbationsmissionen zu sprechen – oder sagen wir, es ist zumindest kein Problem, mit seinen Kumpels darüber zu reden. Bei den Mädels ist es aber gern mal genau das Gegenteil. Je nachdem, wie offen die Klasse oder der Freundeskreis ist, desto offener oder eben verschlossener wird dieses Thema bei den Mädchen behandelt. Komischerweise ist das noch immer ein Tabuthema. *Mädchen machen so was nicht, blabla.* Keine Ahnung, woher das kommt. Fakt ist aber, dass auch Mädchen sich selbst befriedigen! Ja, tatsächlich. ABER: Viele Mädchen fangen mit der Selbstbefriedigung erst später an als Jungs, und daher wird diese Frage von den «jüngeren» Jahrgängen (ca. bis Klasse 10/11) gerne mal verneint. Jungs sehen und erleben das Eigenleben ihres Lörres von Anfang an. Daher ist der Griff dahin auch keine große Sache. «Kann hart werden, fühlt sich gut an, wird öfter gemacht.» So einfach ist das bei Jungs. Bei Mädchen sind die sensiblen Stellen durch die Schamlippen verpackt, und daher kommen sie im Durchschnitt erst etwas später auf den Geschmack ... – wobei man aber nicht übersehen kann, dass auch kleine Mädchen sich gern zwischen den Beinen reiben oder auch «hoppe, hoppe Reiter» spielen. Hinzu kommt, dass der weibliche Orgasmus nicht so «einfach» ist wie bei uns Typen. Ok, mit der

Aussage muss man vorsichtig sein. Zur Erklärung: Wir Typen spielen uns an der Nudel, und gut is. Bei vielen Mädchen müssen aber auch Situation und Stimmung passen und der ganze Körper einbezogen werden. Kommunikation ist hier das A & O. Wie ich vorhin schon mal erwähnte: Wenn sich beide Parteien beim Sex nicht sagen/zeigen, was ihnen (nicht) gefällt, dann wird der Sex gern mal doof. Also: traut euch. Fragt bei den Mädchen nach. Die meisten Mädchen haben ihren Orgasmus übrigens durch Reiben der Klitoris (Kitzler) und nicht, weil sie sich irgendwas Krasses in die Scheide schieben! Just sayin'.

Lasst euch also nichts erzählen: Ab einem gewissen Alter (bei jedem unterschiedlich) reiben sich auch die Mädchen genüsslich die Klitoris. Völlig normal.

Wie sieht der Penis von Mädchen aus?

Ich weiß nicht, ob dein Weltbild jetzt völlig zusammenfällt, aber: Mädchen haben keinen Penis! *Brainfuck*

JUNGS HABEN EINEN PENIS,
MÄDCHEN EINE SCHEIDE.

Beides passt perfekt zusammen ... oder viel mehr beides passt perfekt *ineinander*. So, bäm, fertig. Biologie und Sex in zwei Zeilen erklärt. #Profi
(Für die Oberschlauen: ja, es gibt auch Trans. Erkläre ich auf **Seite 208.**)

Wie ist die Pubertät für Mädchen?

Auch bei den Mädchen gilt: Die Pubertät entwickelt sich von Person zu Person absolut unterschiedlich. Bei dem einen Mädchen beginnt die körperliche Entwicklung früher, bei dem anderen später, in einer anderen Reihenfolge oder anders ausgeprägt. Auch Mädchen können nicht steuern, wie sie sich entwickeln oder aussehen.

Wie bei Jungs beginnt auch bei den Mädchen dieser ganze Pubertätskram mit so zirka acht bis neun Jahren, allerdings erst mal ohne äußerliche Anzeichen. Innerlich wird aber schon mal der Startschuss gegeben.

Dass die Pubertät bei den Mädchen im vollen Gange ist, merkt man spätestens dann, wenn man unter deren Shirts und Pullis die ersten Erhebungen sieht. Bei den meisten Mädchen beginnt das Brustwachstum und die innere Brustentwicklung zwischen neun und 12 Jahren. Interessanterweise können die Brüste während der Pubertät unterschiedlich groß sein. Dann ist die linke Brust größer als die rechte; so wie bei manchen von uns der Hoden.

Auch wenn man meinen könnte, dass Mädchen irgendwie haarlose Wesen sind, bekommen auch sie Körperbehaarung. Nicht so stark wie wir, aber unter den Achseln und um die Scheide wachsen auch Haare. Achsel- und Schambehaarung bekommen die meisten Mädchen mit zehn bis 12 Jahren, und wie stark ein Mädchen behaart ist, kann auch recht unterschiedlich sein.

Einen allgemeinen Wachstumsschub gibt es so grob ein Jahr nachdem die ersten äußerlichen Veränderungen zu sehen sind.

Für Jungs ist das auffälligste Zeichen, dass sie in der Pubertät sind, wahrscheinlich der erste Samenerguss. Solch einen

Moment haben Mädchen auch! Für sie ist das wohl die *erste Monatsblutung*. Frauen durchleben einen monatlichen Zyklus, in welchem für zirka fünf Tage Blut aus der Scheide läuft. Oha! Das ist nicht schlimm, das ist keine Krankheit, das ist nicht ansteckend, sondern vollkommen normal! Eben wie unser Sperma, nur dass uns das nicht unkontrolliert aus der Nudel läuft. Diese Monatsblutung beginnt bei Mädchen zwischen dem zehnten und dem 14. Lebensjahr, im Durchschnitt sind die Mädchen knapp 13 Jahre.

Die Monatsblutung (auch Tage, Regel, Periode, Menstruation genannt) ist der Grund, warum Mädchen und Frauen Tampons oder Binden kaufen. Diese Produkte sind dafür da, das Blut aufzufangen, damit es nicht in die Klamotten läuft. Oftmals haben Mädchen während ihrer Regel Bauchkrämpfe und Kopfschmerzen. Das ist also alles leider nicht so angenehm wie unser Samenerguss.

WICHTIG: Mädchen und Frauen können diese Blutung *nicht* kontrollieren! Irgendwelche Sprüche darüber sind also in keinster Weise witzig oder «nur Spaß», sondern absolut unangebracht! Einige Mädchen bekommen ihre Monatsblutung mitten während der Schulzeit, ohne dass sie davor etwas ahnten. Kann also sein, dass sie nach dem Unterricht aufstehen, und plötzlich sind auf der Hose Blutflecken. Ein reifer und intelligenter Junge reagiert auf so was mit Verständnis und versucht keine große Sache daraus zu machen. Asis und Idioten machen sich darüber lustig und lachen das Mädchen aus. Nur zum Vergleich: Stell dir vor, du bist krank und dir läuft unkontrolliert Scheiße aus'm Arsch, und alle lachen dich tagelang aus. Nicht so geil, ne?

Warum bluten Mädchen überhaupt aus der Scheide?

Jeden Monat bereitet sich der weibliche Körper darauf vor, schwanger zu werden, falls Sperma in die Scheide kommt. Der weibliche Körper produziert eine sogenannte *Eizelle*, die auf eine Dosis Sperma wartet. Haha, wie sich das anhört. Also eigentlich wartet sie nur auf ein einziges kleines Spermium, aus dem in Kombination mit der Eizelle dann auf magische Art und Weise ein neuer Mensch entsteht.

Außerdem wird der tiefe Innenraum der Scheide (Gebärmutter) mit einer nährstoffreichen Schicht ausgekleidet, in der sich diese Eizelle dann wunderbar einnisten könnte, sofern sie Kontakt zu einem Spermium bekäme. Nach einem Monat **ohne Befruchtung** denkt sich der weibliche Körper dann aber auch, dass man mal was Neues, Frisches produzieren sollte, und stößt das vorherige Material ab. Und genau **DAS** ist dann diese Monatsblutung. Hätte jedoch eine Befruchtung stattgefunden (sprich, Sperma und Eizelle kämen zusammen), dann wird logischerweise diese regelmäßige Neuproduktion unterbrochen für die Zeit der Schwangerschaft (neun Monate).

Die Regelblutung gehört also zum Kreislauf des Lebens dazu und ist bei jeeeder Frau. Auf der ganzen Welt!

JUNGS!

Oha … Erkannt, dass du dich eher für Jungs und nicht für Mädchen interessierst? Oder sogar für beide? Und jetzt? Ja, nichts. Keine Panik.

Das Interesse gibt es. Das kann für kurz sein, kann für länger sein, kann auch für immer sein. Dann spricht man von Homosexualität. Na und? So what. Egal wohin dich deine Reise führt: auch das ist vollkommen ok!

Manche Menschen sind homo. Manche Menschen schreiben auch mit links. Weiß man auch nicht so richtig, warum, tut aber auch niemandem weh. So ist es auch mit der Homosexualität.

Was heißt Schwulsein überhaupt?

Auch wenn ihr in der Schule das Wort *schwul* oft als Schimpfwort benutzt (was, nebenbei bemerkt, mega dämlich und diskriminierend ist), bedeutet *schwul* unterm Strich eigentlich nur, dass sich Jungs in Jungs verlieben. Wenn sich Mädchen in Mädchen verlieben, dann nennt man das *lesbisch.* Wenn sich eine Person in Jungs und Mädchen verliebt, nennt man das *bisexuell*; Kurzform *bi.*

Homo- / bi- / hetero-Test

Der folgende Test wird dir helfen herauszufinden, ob du schwul, also homosexuell bist. Nimm dir dafür etwas Zeit, achte drauf, dass dich niemand stört, atme tief durch und kreuze die Antworten ehrlich und ohne zu schummeln an! Dies ist der Moment der Wahrheit. *Ja* und *Nein* sind gleichermaßen wichtig!

Malst du Linien in Mathe mit Lineal?	❐ ja	❐ nein
Ist deine Schreibfarbe blau?	❐ ja	❐ nein
Trägst du beim Schwimmen zwei Badehosen übereinander?	❐ ja	❐ nein
Hast du dich schon mal mit anderen Jungs zusammen umgezogen?	❐ ja	❐ nein
Hast du mit anderen Jungs zusammen nackt geduscht?	❐ ja	❐ nein
Hast du schon mal gestrippt?	❐ ja	❐ nein
Ist dein Zimmer in der Regel aufgeräumt?	❐ ja	❐ nein
Magst du Musicals?	❐ ja	❐ nein
Wirkt das Wort «Ehcsrarev» auf dich attraktiv?	❐ ja	❐ nein
Ist das Wort «Tsetremmud» für dich scharfkantig?	❐ ja	❐ nein
Ist deine Frisur immer top gestylt?	❐ ja	❐ nein
Besitzt du ein rosa oder ein pinkes Kleidungsstück?	❐ ja	❐ nein

GESAMTANZAHL JA / NEIN: ....

Die Auflösung gibt es auf der nächsten Seite.

Auflösung: Wenn du mehr als 10 Fragen mit JA oder mit NEIN beantwortet hast, dann bist du eindeutig: ... irgendwas. Haha. Schwul, hetero, bi ... egal. Kein Test der Welt kann dir sagen, ob du homo, bi oder hetero bist. Es sei denn, die Testfrage lautet: «Bist du schwul?» und du antwortest mit «Ja!». Dann hatte dieser Test recht.

Das Wissen, ob du homo, hetero oder bi bist, hast nur du in dir drin – deshalb kannst *nur du* selbst beantworten, welche Person du liebst. Und egal, wie du dir diese Frage beantwortest: Alles ist ok! Mit dir ist alles ok, egal in welche Richtung das Schiff segelt.

Wie wird man schwul?

Man *wird* es nicht! Entweder man *ist* es oder eben nicht. Kein Mensch kann schwul *gemacht werden* oder wird durch ein bestimmtes Ereignis schwul. Homosexualität ist in dir verankert. So wie deine Körpergröße, deine Augenfarbe oder ob du drei Arme hast oder nicht. Na ja, ok, Letzteres wäre schon seeehr ungewöhnlich.

Wie merke ich, dass ich schwul bin?

Kurze Version: Du wirst es von ganz allein merken, wenn du es bist.

Längere Version: Ganz viele Jugendliche schreiben mich an und sind verunsichert, weil sie z. B. weibliche Brüste total erregend finden, aber auch bei nackten Jungs/Männern 'ne Latte

bekommen. Oder sie schreiben, dass sie sich zwar in Mädchen verlieben, sich Sex aber ausschließlich mit Männern vorstellen können. Oder dass sie sich schon oft in Jungs verliebt haben, aber dieses eine Mädchen dann plötzlich doch mehr in ihnen auslöst als alle bisherigen Jungs zusammen ...

Meine Antwort ist dann immer: «Entspann dich!»

Es ist wirklich krass, welchen Druck ihr euch selbst macht. Ja, natürlich hängt man irgendwie in der Luft und will zu einer Gruppe gehören. Am liebsten zu der Gruppe, die am wenigsten Stress bedeutet. Besonders dann, wenn alle anderen von irgendwelchen «geilen Mädchen» sprechen und man selbst gar nicht weiß, was alle bloß an Mädchen finden – dieser eine Junge aus der Nachbarklasse ist schließlich viel toller. Kein Wunder, dass man da dann verunsichert ist.

Auch wenn es unterschiedliche Anzeichen gibt, zu merken, dass irgendwas bei einem anders läuft, berichten aber viele schwule Jungs von Vorahnungen wie zum Beispiel folgende:

1. Angenommen, alle anderen Jungs in der Klasse unterhalten sich über «geile Mädchen» und man selbst steht daneben und kann dazu irgendwie gar nichts sagen. Oder die anderen betonen, «wie geil die Titten oder der Arsch von XY sind» oder «wie gern sie mit XY vögeln wollen» – und man selbst denkt sich nur: «Was soll denn daran geil sein?» Aber natürlich könnte das auch einfach nur heißen, dass du einen komplett anderen Frauengeschmack hast.
2. Konkreter wird's, wenn man sich selbst dabei erwischt, wie man sich beim Wichsen eher Jungs als Mädchen vorstellt. Das ist alles ok, keine Panik! Wenn es für dich also aufregender ist, dir bei der Selbstbefriedigung einen Jungen vorzustellen, dann ist es ein wenig wahrscheinlicher, dass du schwul sein *könntest.* Viele Jungs haben aber auch eine Phase in der Pubertät, in der sie das eigene Geschlecht interessanter finden. Von daher ist noch nichts in Stein gemeißelt, nur weil du dir auch mal Jungs bei der Selbstbefriedigung vorstellst.
3. Ziemlich eindeutig ist es, wenn du zum Beispiel auf'm Schulhof immer diesen einen bestimmten Jungen anguckst, der dich total fasziniert. Einen Jungen, der dich interessiert, dich in seinen Bann zieht, dem du nah sein willst, an den du ständig denkst. Egal, ob du in der Schule bist oder zu Hause. Ständig kreist er in deinem Kopf herum, weil er ... ja, weil er einfach irgendwie toll ist. Daaaaann könnte man davon ausgehen, dass du dich verknallt hast und du schwul sein könntest.

Hm, jetzt biste entweder beruhigt ... – oder hast die mega Panik. Entspann dich! Wenn du jetzt alle drei Punkte innerlich mit «Ja» beantwortet hast, dann ist die Wahrscheinlichkeit zwar hoch, dass du schwul bist. Es kann aber auch nur bedeuten, dass dir die Pubertät gerade ziemlich den Kopf verdreht und du noch so gar nicht weißt, wohin das Schiff fährt.

WICHTIG IST: Egal wohin dich deine Reise führt, ob hetero/bi/homo: Alles ist absolut ok mit dir. Du darfst so sein! Es ist nichts Schlimmes, und du bist nicht krank! Es mag jetzt zwar alles verwirrend und überwältigend sein, aber alles wird gut!

Ist schwul sein schlimm?

Nein.

Was passiert mit mir, wenn ich merke, dass ich schwul bin?

Nichts.

Kann man mich heilen?

Warum denn heilen? Noch mal: Du bist *nicht* krank! Homosexualität ist eine Eigenschaft von dir wie deine Schuhgröße. Oder Segelohren. Oder deine Haarfarbe. Oder ob du mit links schreibst. Das sind alles Dinge, die dein Körper von ganz allein entscheidet.

Wird mein Leben als Schwuler zur Hölle?

Nee, dein Leben wird der Knaller! Dein Leben wird toll, wenn du dich akzeptierst. Nur weil du schwul bist, heißt das nicht, dass du bestimmte Dinge nicht mehr machen darfst und dafür andere Dinge tun musst! Schwul sein heißt *nicht*, sich Frauenkleider anziehen zu müssen, nasal zu reden oder sich Tonnen von Make-up ins Gesicht zu schmieren. Homosexualität ist nur ein kleiner Teil eines Menschen. Alles andere bleibt gleich. Mit anderen Worten:

**DU BLEIBST DIESELBE PERSON,
GUCKST ABER ANDERE PORNOS!**

Ich garantiere dir, dass du schon super vielen schwulen Männern begegnet bist, ohne es zu merken! Denn die sehen «ganz normal» aus. Natürlich gibt es auch Schwule, die sehr auffällige Klamotten tragen oder die sich irgendwie «weiblich» verhalten. Es gibt aber eben viiiiiel mehr Schwule, die aussehen wie jeder andere (heterosexuelle) Mann; nur dass auf sie zu Hause ein anderer Mann wartet und keine Frau.

Was ich damit sagen will, ist: Nur weil du schwul bist, heißt das nicht, dass dein Leben die Hölle wird, du nur noch Friseur oder Flugbegleiter werden darfst oder dich plötzlich in ein glitzerndes Alpaka verwandeln musst! Wobei, wenn du dich plötzlich in ein glitzerndes Alpaka verwandeln würdest, wärst du ab sofort mein ständiger Begleiter, haha!

Wie viele Menschen sind homosexuell?

Man geht davon aus, dass circa 10 Prozent der Weltbevölkerung homosexuell sind. Das heißt, wenn 100 Leute vor dir stehen, sind von denen 10 Personen homosexuell und 90 hetero- oder bisexuell.

Bedeutet also, dass allein in deiner Klasse – rein theoretisch – eigentlich schon zwei Homo- oder Bisexuelle sein könnten. Natürlich kann man es nicht so eindeutig sagen, aber du kannst dir sicher sein, dass auf deiner Schule definitiv homosexuelle Kinder/Jugendliche unterwegs sind. Manche von ihnen wissen es vielleicht selbst noch nicht, weil sie noch recht jung sind oder sich noch nie Gedanken darüber gemacht haben. Andere wissen es schon lange und haben es auch bereits allen gesagt, und wieder andere entdecken es vielleicht gerade erst bei sich und sind deswegen total verunsichert.

Heißt also unterm Strich: Falls du homosexuell sein solltest, bist du damit definitiv nicht allein! Auch wenn man das als Jugendlicher immer denkt. Nee, nee, glaub mir: Bei allem was du tust, gibt es mindestens noch eine weitere Person, bei der es genauso ist! Wenn du schon mal versucht hast, im Stehen zu kacken (Alter, what?!), dann hat das garantiert jemand anderes auf der Welt auch schon probiert! So ist es auch im sexuellen Bereich. Egal was du denkst/fühlst/machst, es gibt definitiv noch mehr Menschen, die exakt das Gleiche denken/fühlen/machen wie du. Somit gibt es also sehr wahrscheinlich weitere Personen an deiner Schule, die homosexuell sind.

Wo/wie finde ich andere schwule Jugendliche?

In den Großstädten gibt es meistens Jugendzentren speziell für *queere* Jugendliche. *Queer* beschreibt Menschen, die in ihrer Sexualität/Identität anders sind als die meisten anderen Menschen. Die meisten Menschen sind heterosexuell. Somit sind demnach alle, die schwul, lesbisch, bi, trans usw. sind: *queer.* Für diese gibt es Treffpunkte zum Spielen, Abhängen, Tanzen, Quatschen, Kennenlernen. Das ist also ein perfekter und geschützter Ort, um andere Jugendliche zu treffen, die die gleichen Ängste, Fantasien, Interessen haben.

Um dort hinzugehen, braucht man zwar etwas Mut, aber sobald du drin bist und sich dein Puls beruhigt hat, wirst du sehen, wie entspannt dort alles ist. Du wirst gar nicht mehr wegwollen und einen weiteren Besuch gar nicht erwarten können.

Profi-Tipp: Geh nicht ständig vor dem Gebäude hin und her. Zieh dir meinetwegen die Kapuze über den Kopf oder die Cap ins Gesicht, und dann geh einfach ohne lang zu überlegen rein. Zu der ersten Person, die du dort siehst, sagst du «Hallo», und dass du neu bist und nicht weißt, wie das hier alles funktioniert. Der Rest kommt dann von allein. Jede*r Mensch dort war in der gleichen Situation wie du, und daher hilft man sich gegenseitig gern.

Wie finde ich Jugendzentren für Schwule?

Such im Internet mal nach «*[DeinStadtname]* Jugendgruppe Jugendzentrum schwul queer», da wirste fündig.

Wenn du jetzt natürlich in einer Kleinstadt oder gar auf

dem Dorf lebst, wird es tatsächlich etwas schwieriger, machen wir uns nichts vor. Noch schwieriger wird es, wenn sich die anderen Jugendlichen aus deinem Dorf (auch noch) nicht trauen, offen mit ihrem Schwulsein umzugehen. Dreh den Spieß mal um: Wenn es von dir niemand weiß, dann kann auch kein anderer schwuler Junge auf dich zukommen – und du kannst keinen anderen Schwulen kennenlernen, weil sich die anderen eben auch nicht offen zeigen. Ein Teufelskreis. Einer muss also den Anfang machen.

Es gibt im Internet außerdem Dating-Seiten und Dating-Apps, die extra für junge homosexuelle Menschen gemacht sind. Diese Seiten haben eine Altersbeschränkung nach oben, damit ihr Jugendlichen dort unter euch seid. Dort trägt man sich selbst ein (auch ohne Foto, wenn man sich noch nicht traut), und dann kann man alle anderen eingetragenen Jungs in der eigenen Stadt finden. Vielleicht ist dort ja schon jemand aus deinem Dorf angemeldet?!

WICHTIG IST: Sei mit deinen privaten Daten, sprich genauem Wohnort, Telefonnummer, Bilder, Videos etc. sehr vorsichtig. Gerade, wenn du die Leute, mit denen du schreibst, noch nie real gesehen hast, kannst du nicht wissen, ob am anderen Ende wirklich die Person sitzt, die man erwartet. Natürlich kann das tatsächlich ein Junge sein – vielleicht aber auch ein 50-jähriger Mann!

Wie kann ich mich outen?

Sich zu outen ist ein sehr individuelles Thema. Dafür gibt es keine goldene Regel. Man muss es immer von der eigenen

Situation, also deinem sozialen Umfeld und deiner Familie abhängig machen.

Ob du dich erst bei der Familie und dann bei den Freunden outest oder lieber erst beim besten Freund, dann der Familie und am Ende in der Schule allen Bescheid sagst oder ob du dich gar nicht outest und plötzlich einfach einen festen Partner mit nach Hause bringst: Es ist komplett **DIR** überlassen.

Übrigens: Niemand ist gezwungen, sich zu outen! Allerdings befreit es einen sehr. Endlich keine Versteckspiele mehr. Endlich keine Ausreden mehr. Endlich offen reden können und endlich jedem Hottie öffentlich hinterhergucken können. Jeder Mensch outet sich in der Art und Weise, wie es für seine Situation am besten ist.

Aber auch hier unterstütze ich euch. Auf meinem Kanal gibt es ja viele Videos zu dem Thema, mit tollen Argumenten und Erklärungen. Falls du es deinen Eltern nicht persönlich sagen magst, dann mache ich das. Dafür habe ich nämlich ein Video: **www.jungsfragen.de/elternvideo01**. Und falls du ihnen nicht sagen willst, dass sie sich das Video angucken sollen, gibt es rechts den passenden Elternbrief.

VIDEO GUCKEN

[Anrede. Beispiel: «Hallo Mama/Papa» oder «Hallo ihr beiden»]

Ich selbst finde nicht die richtigen Worte und möchte euch einfach nur bitten, jetzt das folgende Video komplett zu schauen. Es ist wichtiger als alles andere, was ihr gerade machen wolltet.

www.jungsfragen.de/elternvideo01

Einfach nur in den Internet-Browser eingeben; quasi statt «google.de».

[Dein Name]

Scheiß Homos!

Du magst homosexuelle Menschen nicht? Kein Ding! Natürlich darf man sagen, dass man irgendwas oder irgendwen nicht mag. Das ist unser aller Recht. Es kommt aber immer auf die Art und Weise an, wie man so was rüberbringt und ob die «Meinung» angebracht ist oder nicht.

Aber etwas nicht zu mögen, nur weil es der beste Kumpel oder die halbe Klasse nicht mag, ist falsch! Manche Leute essen ja auch gern Koriander (was ich echt null verstehen kann, dieses ekelhafte Zeug), aber das heißt ja nicht, dass alle anderen Koriander jetzt auch nicht mögen *dürfen*, nur weil ich ihn nicht mag. Überlege also, ob du etwas wirklich nicht magst oder ob du nur anderen nachplapperst – und ob andere deine Meinung überhaupt wissen wollen.

Oftmals ist es auch schon ganz gut, seine Abneigung eindeutiger zu formulieren. So ist es schon ein großer Unterschied zwischen:

- «Ich find Schwule scheiße!» und
- «Ich find Schwule scheiße, die sich wie Frauen benehmen!»

Du merkst selbst, dass das ein Unterschied ist. Man grenzt die Ablehnung mehr ein - dass beide Aussagen generell dämlich sind, lasse ich jetzt mal unter den Tisch fallen.

Gerne toleriere ich die Aussage, dass du Homos nicht magst. Wie gesagt, wir haben alle irgendwelche Dinge, die wir nicht mögen. Solange du das für dich geklärt hast, ist alles gut. Sobald du aber lauthals rumbrüllst, wenn du homosexuelle Menschen siehst, sie beleidigst, diskriminierst oder sogar schlägst, hast du sämtliche Sympathien verspielt. Du offenbarst nur deine unglaubliche Dummheit.

Kleiner Profi-Tipp wie du deine Aussagen vor dem Aussprechen überprüfen kannst: Tausche in jedem Satz, den du gegen Homosexuelle sagen willst, die Wörter «homo/bi/schwul/lesbisch» aus, gegen das Wort «Jude/Frau/Neger [sic!]». Wenn du sagen willst: «Schwule gehören verbrannt, Lesben sollen sterben!», sag einfach mal «Neger [sic!] gehören verbrannt, Juden sollen sterben». Uff. Fies, ne? Aber das ist exakt deine Aussage! Exakt das! Du greifst Menschen an, die für ihre Art und Aussehen *nichts* können!

Dumme Argumente von dummen Menschen – jetzt klargestellt

Wenn es um Homofeindlichkeit geht, dann gibt es viele unterschiedliche «Argumente», die von Schwulenhassern in schöner Regelmäßigkeit vorgetragen werden. Im Großen und Ganzen sind es die folgenden:

«Ich habe nichts gegen Schwule, solange sie mich nicht anbaggern!» – Als ob Schwule einen direkt anbaggern. Man selbst unterhält sich doch auch mit anderen Menschen, obwohl man die nicht anbaggern will. Und selbst wenn ein Homosexueller versucht zu baggern, reicht als Antwort: «Danke für das Kompliment, aber ich bin hetero.» Fertig. Sache vom Tisch. Niemandem ist dadurch ein Zacken aus der Krone gebrochen und beide Seiten fühlen sich ok.

«Meine Religion verbietet das!» – Wenn es **deine** Religion verbietet, dann ist das auch **deine** Regel und dann darfst **du** kein homosexuelles Leben leben, wenn dir das so wichtig ist. Andere Leute folgen aber einer anderen Religion oder haben ein anderes Verständnis davon und dürfen so leben, wie **sie** es wollen. Das wäre so, als würde ich **dir** verbieten, einen Keks zu essen, weil **ich** gerade auf Diät bin. **Meine** Diät, **mein** Problem.

«Gott will das nicht!» – Wenn es einen Gott gibt, der alles auf der Welt erschaffen hat, der den mega Masterplan hat, dann hat dieser Gott also auch a) einen Grund, warum er homosexuelle Menschen geschaffen hat und b) so extrem viel Macht, dass er sich selbst um das «Problem» kümmern könnte. Dafür braucht er nicht die Hilfe von einem kleinen sterblichen Normalo.

«Schwule sind eklig, die schieben sich Dinge in den Arsch!» – Nur weil man selbst irgendwas eklig findet, hat man kein Recht, es anderen zu verbieten. Nur weil **deine** Vorstellung von Sex anders ist, heißt das nicht, dass sich alle an **deine** Vorstellung halten müssen. Ein besserer Satz ist: «Für mich ist das nichts, ich mag das nicht!» Mal ganz abgesehen davon, dass viele Schwule gar keinen Analsex praktizieren!

«Schwule wollen nur Sex!» – Nee, Schwule wollen *auch* Sex. So wie Heterosexuelle Sex wollen. Darüber hinaus haben homosexuelle Menschen genau solche Beziehungen, wie sie heterosexuelle Menschen haben. In heterosexuellen Beziehungen geht es um Liebe, um gemeinsame verbrachte Zeit, um gemeinsames Kochen, um gemeinsamen Urlaub. Genauso ist es auch bei den Homos. Nur, dass es eben zwei gleiche Geschlechter sind. Sonst ist nichts anders.

«Das ist nicht natürlich!» – Homosexualität wurde bei weeeiiit über 400 Tierarten festgestellt. Bei mehr oder weniger jeder Tierart findet man homosexuelle Artgenossen. Das fängt bei schwulen Löwen an und hört bei lesbischen Giraffen auf. Schwule Pinguine brüten sogar verstoßene Eier aus und kümmern sich dann um diese Findelkinder. Es gibt aber nur eine Spezies auf der Welt, die etwas gegen Homosexualität hat: den Menschen. Wie «natürlich» ist das also?

«Homosexuelle können aber keine Kinder bekommen!» – Das stimmt. Sie können aber welche adoptieren und dafür sorgen, dass Heimkinder liebende Familien bekommen. Davon abgesehen, haben auch sehr viele Heteros keine Kinder. Entweder, weil sie keine Kinder wollen oder keine Kinder bekommen können. Haben diese Paare dann auch kein Recht zu existieren?

«Ein Kind braucht aber Mama und Papa!» – Heißt also, wir nehmen allen alleinerziehenden Müttern oder Vätern die Kinder wieder weg? Glaube nicht, dass du das wollen würdest. Das Wichtigste, was Kinder brauchen, ist Liebe und nicht ein altes Rollenbild von Mama, die zu Hause kocht und Papa, der arbeiten geht.

«Das Kind wird in der Schule gemobbt, wenn es zwei Väter hat!» – Also sollte man elternlose Kinder lieber im Heim lassen oder bei Familien, in denen sie geschlagen und nicht geliebt werden? Dann werden sie noch mehr gemobbt.

Homosexuelle Eltern müssen sich nebenbei bemerkt richtig anstrengen, um Kinder adoptieren zu dürfen. Ihr ganzes Leben wird durchleuchtet, und es gibt viele Kontrollen. Das dauert alles Jahre! Damit will ich sagen, dass Homo-Eltern lange und hart für ein Kind kämpfen mussten und sie ihre Adoptivkinder dadurch eventuell sogar mehr lieben als Eltern, bei denen die Schwangerschaft «ein Unfall» war.

«Aber wie sollen die anderen Kinder das verstehen?» – What? Das ist echt ein Thema? Dann erklärt es vielleicht so: «In manchen Familien gibt es nicht nur Mama-Papa, sondern auch Mama-Mama oder Papa-Papa.» Punkt. Das war's. Hat schon oft perfekt funktioniert. Danach ist das Thema für die meisten Kids vom Tisch. Und falls nicht, kann man es altersgerecht weiter erklären.

«Wenn alle schwul werden, stirbt die Menschheit aus!» – Das klingt logisch, ist es aber nicht – denn niemand *wird* schwul. Niemand entscheidet sich, schwul/lesbisch zu werden. Daher kann und wird es **nie** dazu kommen, dass alle schwul sind. Das ist so, als würde man sagen: «Wenn plötzlich jeder eine

Frau wird, stirbt die Menschheit aus.» Ja, richtig, wird aber niiiiiiie passieren! Nie!

Es gibt seit Jahrtausenden die gleiche Anzahl an Homosexuellen auf der Welt. Seit Jahrtausenden! Man sieht sie jetzt nur deutlicher, weil sie endlich (wieder) offen leben dürfen. Im alten Rom und Griechenland war das übrigens völlig normal. Im Mittelalter hatte man dann eine andere weltliche Ansicht, und man hat es idiotischerweise untersagt.

Was folgt daraus? Niemand muss Homosexuelle lieben. Ich erwarte auch von niemandem, dass er mit einem Schwulen befreundet ist oder sich mit homosexuellen Menschen abgeben muss. Ich möchte bloß, dass dir Homos zumindest «egal» sind. Also so egal, wie dir ein Linkshänder oder jemand mit Brille ist. Diese Leute würdest du auch nie beleidigen.

«LEBEN UND LEBEN LASSEN.»

Sie tun dir nichts, du tust ihnen nichts.
DAS ist der Inbegriff von Frieden.

TRANS? DIVERS? WHAT?!

Dieses Thema betrifft zwar wenige Menschen, aber ich find es dennoch ganz clever, es mal kurz anzusprechen. Mir ist es ja immer sehr wichtig, dass ihr jeden Menschen mit Respekt behandelt und seine Situation akzeptiert – egal, welche Hautfarbe, sexuelle Orientierung oder eben Geschlecht er oder sie hat. Doch manchmal ist das mit dem Geschlecht gar nicht so einfach …

TRANSSEXUALITÄT

Manchmal kommen Mädchen in der Haut eines Jungen zur Welt (haben also einen Penis) oder Jungs in der Haut eines Mädchens (haben also eine Scheide). Das ist sehr selten, aber möglich.

In der Kindheit merkt man dies noch nicht so deutlich, jedoch wird das Unbehagen zwischen äußerer Hülle und innerer *Identität*, also wie man sich fühlt, immer größer, je näher es in Richtung Pubertät geht. Die Mädchen mit Penis und die Jungs mit Scheide fühlen sich immer unwohler in ihrer Haut.

Wenn dieses Phänomen früh beobachtet und angesprochen wird, kann man dem betroffenen Kind ermöglichen – bestenfalls schon vor der Pubertät –, auch das körperliche Leben des «anderen Geschlechts» einzuschlagen. Durch Medikamente kann die Pubertät tatsächlich in die gewünschte Richtung verändert und der «falsche Körper» durch sehr spezielle Operationen nahezu perfekt an das eigentlich «richtige» Geschlecht angeglichen werden. Heißt, aus einer Scheide wird ein Penis und aus einem Penis eine Scheide. Ja, verrückt, geht aber alles. Später wird niemandem auffallen, dass die Person eigentlich mal das jeweils andere Geschlecht besaß. Ist natürlich wesentlich aufwendiger und langwieriger, als ich es hier schreibe, aber es klappt. Eventuell bist du auch schon einigen Trans-Menschen begegnet, ohne dass du es wusstet.

WAS BEDEUTET DIVERS?

Seit 2018 wird auch in Deutschland das «dritte Geschlecht» offiziell anerkannt. Heißt, es gibt neben *weiblich* und *männlich* auch eine dritte Option mit Namen *divers.* «Waaas? HABEN DIE PIMMEL **UND** MUSCHI?» Hehe, nein ... nicht unbedingt 🤷‍♂️ Es ist tatsächlich komplexer und nicht mal eben in vier Zeilen erklärt. Daher ist meine folgende Erklärung wirklich nur ganz oberflächlich, um die Basics zu verstehen.

Bei «divers-geschlechtlichen» Menschen kann man tatsächlich kein eindeutiges Geschlecht zuordnen. Ganz selten kommen Kinder auf die Welt, bei denen man nicht sieht (Scheide/Penis?) und auch durch z. B. Bluttests nicht herausfinden kann, ob sie ein Junge oder Mädchen sind. Man spricht dann auch von *intersexuell.* Auch kann eine transsexuelle Vergangenheit (siehe links) den Geschlechtseintrag *divers* bewirken.

WICHTIG IST JEDOCH: *Trans* und *Divers* ist nicht «behindert», unnormal oder ansteckend. Wie auch bei der sexuellen Orientierung (homo/bi/hetero) kann niemand etwas für seinen Körper und hat sich das nicht selbst ausgesucht. Der Weg, den diese Menschen gehen müssen, um glücklich zu sein, ist hart genug. Daher ist es wirklich kein gutes Verhalten, diesen Menschen noch mehr Steine in den Weg zu legen, durch Mobben oder die unbegründete Angst, sich «damit anzustecken», wenn man sich mit diesen Menschen unterhält oder gar berührt.

ASEXUALITÄT

Auch dieses Kapitel möchte ich nur kurz anreißen, da dieses Thema nur einen kleinen Teil der Gesellschaft betrifft, aber dennoch erklärt werden muss.

Diese Personengruppe hat, grob gesagt, generell kein Interesse an Sex. (Also immer! Nicht nur mal nicht für ein paar Tage.) Liebe und Beziehung gehen voll klar und sind oft ein großer Wunsch von asexuellen Menschen, aber Sex muss für sie nicht sein. Das ist auch schon der ganze Zauber. Hier gibt es aber verschiedene Ausprägungen: Manche asexuellen Menschen haben kein Interesse, Sex mit anderen Menschen zu haben, befriedigen sich aber selbst. Der Sex mit sich selbst ist also gewollt, mit anderen aber nicht. Andere haben auch kein Interesse an Selbstbefriedigung.

WICHTIG IST: Diesen Menschen fehlt es nicht! Sie sind also nicht traurig oder vermissen etwas, wenn sie keinen Sex haben! Sie haben einfach kein Interesse daran, und von daher fehlt ihnen auch nichts. Du interessierst dich nicht fürs Stricken? Vermisst du es? Nein? Siehste. Liebe/Beziehung ja, Sex nein.

AROMANTIK / AROMANTISCHE MENSCHEN

Kann man sich jetzt schon fast denken, hier ist es quasi umgekehrt zur Asexualität: Aromantiker haben gegebenenfalls Lust auf Sex, aber kein Bedürfnis (manchmal auch «nicht die Fähigkeit») eine Liebesbeziehung zu einem Menschen aufzubauen. Sex ja, Liebe/Beziehung nein.

HOW TO BE EIN BESSERER MENSCH

Diejenigen von euch, die meine Videos schon länger kennen, wissen inzwischen, wie wichtig mir gegenseitiger Respekt ist. Mit Hass und Ausgrenzung kommen wir nicht weiter. Hass und Ausgrenzung führen **IMMER** zu Krieg! Du musst natürlich nicht mit jedem befreundet sein, und natürlich darfst du auch einzelne Leute kacke finden - aber niemals, **NIEMALS** ganze Gruppen!

Unterm Strich sind alle Menschen gleich, wir sind bloß jeweils in einem anderen Umfeld aufgewachsen und/oder hatten eine unterschiedliche Erziehung. Manche hatten ein großes Haus und viele Spielsachen, andere vielleicht nur die Spielsachen der älteren Schwester oder gar keine. Manche Kinder müssen in ihren Heimatländern mit sechs Jahren schon arbeiten gehen und andere bekommen den Arsch hinterhergetragen. Manche werden christlich, manche muslimisch, manche atheistisch und manche gar nicht erzogen. Die Lösung für alle Seiten ist immer: sich gegenseitig zu akzeptieren und denen, denen es schlechter geht, zu helfen.

Die allermeisten Menschen wollen einfach nur in Frieden miteinander leben. Es gibt aber in jeder Gruppe leider immer auch ein paar Idioten, die versuchen, dieses friedliche Miteinander zu zerstören. Dummerweise sind diese Idioten immer die Lautesten und zerstören durch ihr Verhalten das Ansehen der gesamten Gruppe.

Mein Aufruf: Lass andere ihr Leben leben und leb du dein Leben. Lass dich nicht von den wenigen Idioten beeinflussen oder belabern! Und hör auf, so viel Müll zu produzieren! ☝

Wir sitzen alle im selben Boot. Wir müssen alle auf dieser einen Welt klarkommen! Gemeinsam! **DAS** zu schnallen, ist die allerwichtigste Erkenntnis, die du im Leben haben kannst.

WAS DU NOCH WISSEN MUSST

Es nimmt kein Ende. Immer noch ein Kapitel drauf. Neben dem ganzen Spaß und der ganzen Körperlichkeit, gibt es eben noch ein paar Dinge, die auch zum Erwachsenwerden dazugehören.

Beim Sex kann man sich nämlich leider auch ein paar Krankheiten einfangen, und beim Feiern mit vermeintlichen Freunden gibt es komische Momente oder Drogen. Hört sich immer ziemlich krass an, ist am Ende aber (meist) wesentlich harmloser, als man am Anfang meint. Man muss eben auch davon mal gehört, darüber gesprochen haben, damit man später weiß, was zu tun ist.

KRANKHEITEN

Jetzt kommt der mega Downer, gehört aber leider dazu: Beim Sex kann man sich auch Krankheiten einfangen. Fakt!

Auch wenn Sex richtig Spaß macht und man am liebsten immer mehr davon haben will, muss man im Hinterkopf behalten, dass man sich beim «Matratzensport» mit fiesen Geschlechtskrankheiten anstecken kann.

Diese Krankheiten nennen sich «Sexuell übertragbare Infektionen». Die Profis sagen dazu nur kurz auf Englisch *STI / STD*, das steht für *Sexual Transmitted Infections / Disease.* Auch in deutschen Texten liest man dieses STI oder seltener auch *SÜK*; was dann für *Sexuell Übertragbare Krankheit steht.* Da es aber im Englischen mit *Infektionen* weitaus passender ist, gehen die meisten auch im Deutschen dazu über und sprechen von *STIs.*

Eine STI zu haben, ist nicht peinlich, und man ist dann auch nicht dreckig, denn - noch mal - es gehört leider dazu. Natürlich ist es etwas «peinlich», weil nun jeder weiß, dass du Sex hattest, aber ich verrate dir ein Geheimnis: Die *meisten* Menschen haben Sex, nur hattest du dabei jetzt mal Pech. Wenn andere Leute dann sagen: «Selbst schuld» oder «Hättest aufpassen müssen», ist das ziemlich unfair, denn STIs sind ganz schön hinterhältige Dinger.

Die wahrscheinlich mieseste Eigenschaft solcher Infektionen ist nämlich, dass man einige kaum merkt und/oder ihre Folgen erst viel später sichtbar werden. Bedeutet also: Selbst wenn man sich gesund fühlt, kann es sein, dass man sich beim Sex angesteckt hat oder auch andere Leute ansteckt!

Das führt uns auch zum nächsten wichtigen Punkt: STIs können nur von Person zu Person zu Person zu Person zu Person übertragen werden. Sie werden nicht vererbt, und sie entwickeln sich auch nicht einfach so im Körper, weil heute Vollmond ist und du drei Mal um Mitternacht onaniert hast.

Man braucht für eine Ansteckung **immer** sehr intimen Körperkontakt zu einer infizierten Person. Mit anderen Worten: Noch keinen Sex gehabt = du bist mit nahezu hundertprozentiger Sicherheit gesund.

Die meisten Leute denken bei STI bestimmt direkt an HIV oder auch an Aids. Es gibt aber viele, viele weitere Krankheiten, die wesentlich ansteckender sind als HIV. Ihr solltet euch aber merken (und ich wiederhole mich): Sex ist toll, Sex ist grundsätzlich ungefährlich und schön – es kaaaaann aber eben sein, dass eine Person eine Infektion hat, dies aber noch nicht weiß und ihr euch dann ansteckt.

Gehen wir mal die gängigsten Infektionen durch, wie man sie spürt und was man dagegen machen kann. **Für alle gilt: Nur ein Besuch in einer Arztpraxis kann helfen!** Keine der folgenden Krankheiten kann man von allein behandeln! Das *muss* ein Profi behandeln, es wird nicht *von allein* verschwinden und wird immer schlimmer, je länger man wartet!

HIV & Aids

Kleiner Kurs zu HIV und Aids: HIV ist *nicht* Aids! Aus HIV *wird* nach einigen Jahren Aids, wenn man es nicht behandelt. Die HI-Viren vermehren sich im Körper und legen das Immunsystem lahm. Es entstehen weitere Krankheiten, und dann spricht man von Aids.

Heutzutage sind die Medikamente schon so gut, dass Aids nicht mehr ausbrechen muss. Dafür muss man aber wissen, dass man das HI-Virus im Körper hat, und sich dann so schnell wie möglich behandeln lassen.

Wie merke ich, dass ich mit HIV infiziert bin?

Eine Infektion mit HIV merkt man oft leider gar nicht. Die Hälfte aller Infizierten haben nach der Ansteckung erst mal keine Symptome und wissen daher nicht, dass sie sich angesteckt haben!

An anderen Menschen kann man das HI-Virus auch nicht einfach so feststellen. Man kann also an anderen Personen nicht sehen, nicht hören, nicht schmecken, nicht riechen und nicht fühlen, ob sie mit HIV infiziert sind oder nicht. **HIV ist absolut unsichtbar.**

Wie wo wann steckt man sich an? (Voll gereimt!)

HIV holt man sich eigentlich nur, wenn man beim Sex kein Kondom verwendet. Wenn dein Penis also ohne Kondom in der Scheide einer infizierten Frau oder im Po einer infizierten Person landet, dann kann man sich dabei mit HIV anstecken.

Man hat festgestellt, dass Oralverkehr nahezu ungefährlich ist. Die Mundschleimhaut ist extrem widerstandsfähig und die eventuelle Virenmenge zu gering. Ihr könnt euch auch beim Knutschen nicht anstecken – nein, selbst mit Zahnfleischbluten nicht. Auch wenn man Blut/Sperma von einer infizierten Person abbekommt, wird man nicht infiziert – nein, auch nicht, wenn das Blut auf eine Wunde von dir tropft.

Grob gesagt ist also einzig ungeschützter Vaginal- oder Analverkehr für eine HIV-Ansteckung risikoreich – oder das gemeinsame Nutzen von Drogenspritzen; wobei ich mir aber wünsche, dass ihr in *diese* Situation erst gar nicht kommt!

Woher weiß ich, ob ich infiziert bin?

Durch einen sogenannten HIV-Antikörpertest. Es gibt viele Organisationen, die diesen Test durchführen: Gesundheitsämter, Checkpoints, Aidshilfen oder auch Ärzte. Am einfachsten ist es, wenn du danach googelst: «*DeinStadtname* hiv sti test».

Ist auch kein großer Aufwand. Kleiner Piks in den Finger reicht. Der Bluttropfen kommt dann auf einen speziellen Teststreifen, und nach wenigen Minuten hat man das Ergebnis. Es gibt seit 2018 auch freiverkäufliche Heim-Tests, damit kann man sich selbst zu Hause testen. Da muss man sich aber vorher wirklich überlegen, ob man mit dem Ergebnis klarkommt, wenn man alleine vor dem Teststreifen sitzt!

Wie wird man behandelt?

Es gibt mittlerweile ganz hervorragende Medikamente, die gegen das Virus im Körper ankämpfen. Mit diesen Medikamenten kann man ein ganz normales und gutes Leben führen und braucht keine Angst zu haben, dass Aids ausbrechen wird.

Dennoch ist HIV noch immer nicht heilbar! Bedeutet also, die Medikamente sorgen für ein nahezu reguläres Leben, sie bekommen das HI-Virus aber **nie wieder** aus dem Körper heraus. Einmal angesteckt, immer angesteckt!

Wie kann ich mich davor schützen?

Das Einfachste ist wohl das Kondom. Wenn man das korrekt benutzt (siehe **Seite 144 ff.**), dann ist man zu 99,6 Prozent geschützt.

Neuerdings gibt es auch die sogenannte PrEP-Pille. Sie wirkt im Prinzip wie ein Kondom von innen. Diese Pille muss man jeden Tag nehmen und ist damit (nur) vor HIV geschützt – kann also ohne Kondom vögeln und steckt sich nicht an. Da sie aber selten auch heftige Nebenwirkungen (Übelkeit, Albträume, Stoffwechselstörungen u. a.) haben kann, muss man die Einnahme vorher mit einem Arzt besprechen und (derzeit) alle drei Monate zu einer Untersuchung, ob mit dem Körper alles ok ist. Seit Mitte 2019 bekommen Risikogruppen (z. B. schwule Männer oder Menschen im Gesundheitswesen) diese Pillen komplett kostenfrei von der Krankenkasse sowie vereinzelt auch die Folgeuntersuchungen.

Ist noch was wichtig?

In Deutschland haben sich im Jahr 2017 ca. 2700 Menschen mit HIV infiziert. Insgesamt weiß man von rund 86 000 HIV-Positiven in Deutschland; man geht davon aus, dass weitere 12 000 Menschen nichts von ihrer Infektion wissen.

Daher haben wir Profis eine Faustregel: Wer Sex hat, sollte sich **mindestens** einmal pro Jahr auf HIV und STI testen lassen. Egal, ob man was merkt oder nicht. Je eher man eine eventuelle Infektion findet, desto besser kann man sie behandeln und desto besser kann man ein ganz normales Leben führen!

Ohne Behandlung führt HIV noch immer zum Tod.

Tripper (Der Profi sagt: Gonorrhö)

Wie merke ich, dass ich Tripper habe?

Tripper wird durch Bakterien ausgelöst und ist recht easy zu erkennen. Die meisten infizierten Menschen haben ein starkes Brennen beim Pinkeln, und es läuft eine milchig-eitrige Flüssigkeit aus dem Penis oder der Scheide. Es kann auch sein, dass zwar untenrum alles gut ist, aber der Hals mega abspackt. Dann hat man sich wohl beim Oralverkehr angesteckt und die Tripper-Bakterien sorgen dafür, dass sich der Hals entzündet hat. Gleichzeitig hat man dann auch gern recht hohes Fieber.

Wie wo wann steckt man sich an?

Wenn der Penis in eine infizierte Scheide/Po/Mund geschoben wird oder du an einer infizierten Scheide, Po oder Penis leckst. Dabei kannst du dich sehr leicht mit Tripper anstecken.

Woher weiß ich, ob ich infiziert bin?

Bei den oben beschriebenen Symptomen (Brennen, Ausfluss etc.), liegt die Vermutung recht nahe, dass da was nicht stimmt. Also ab zum Arzt! Ein Abstrich- und/oder Urin-Test gibt dir Gewissheit. Dabei wird mit einem kleinen Wattestäbchen etwas von der Mundschleimhaut abgerieben und ins Labor geschickt, und aus deinem Urin backt man einen Kuchen und schaut, wie der schmeckt. Nein, natürlich wird auch der ins Labor geschickt und auf die Erreger untersucht. Bis man das Ergebnis hat, dauert es meist so drei bis vier Tage.

Wie wird man behandelt?

Es gibt ein wunderbares Antibiotikum, das die Bakterien besiegt. Meistens hat man nach einem Tag schon wieder Ruhe.

WICHTIG IST: Antibiotikum immer so lang nehmen, bis die Packung leer ist! *Auch, wenn es dir wieder gutgeht!* Denn erst nach der letzten Tablette kannst du sicher sein, dass wirklich alle kleinen versteckten Bakterienherde besiegt sind. Wenn man früher aufhört, lernen die Bakterien, wie sie sich gegen das Medikament wehren (sie werden immun), und das Medikament hilft gegen diese Krankheit nicht mehr!

Ist noch was wichtig?
Ja, dein*e Sexpartner*innen müssen unbedingt informiert und mitbehandelt werden! Sonst trägt sich der Scheiß immer weiter rum, oder ihr steckt euch immer wieder gegenseitig an.

Syphilis

Wie merke ich, dass ich Syphilis habe?
Auch Syphilis wird durch Bakterien verursacht. Sie ist leider auch so 'n kack Kandidat, den man nicht merkt. Syphilis wird oft das *Chamäleon der Geschlechtskrankheiten* genannt, weil sie sich im Körper so gut tarnt.

Die meisten infizierten Menschen bekommen ein kleines Geschwür an der Stelle, an der sie sich infiziert haben. Das kann am Penis, am Po, der Scheide oder auch im Mund sein. Problem: Das Geschwür macht nichts, es sieht nur doof aus. Es juckt nicht, brennt nicht, eitert nicht, es ist einfach nur «da». Manche bemerken es gar nicht richtig. Vielleicht fühlt man sich gleichzeitig auch etwas kränklich, manche bekommen Fieber. Dieses Geschwür verschwindet nach einigen Tagen wieder, taucht aber nach Wochen oder Monaten plötzlich wieder auf. Dann vielleicht auch mit anderen Hautausschlägen.

Wie wo wann steckt man sich an?
Wer hätte es gedacht: beim Sex. Man steckt sich an, wenn der Penis in eine infizierte Scheide/Po/Mund geschoben wird oder du an einem infizierten Penis oder einer infizierten Scheide leckst.

Woher weiß ich, ob ich infiziert bin?
Durch einen kleinen Bluttest bei einer der eingangs genannten Test-Organisationen. Im Blut können die Erreger erkannt werden. Dafür gibt es inzwischen auch Schnelltests, die einem das Ergebnis schon nach 30 Minuten offenbaren. Das ist voll gut, denn dann kann man direkt mit der Frage kommen:

Wie wird man behandelt?
Auch die Syphilis kann gut mit einem speziellen Antibiotikum behandelt werden. Das gibt es meistens als Spritze, weil es so besser an die Bakterien herankommt. Oft reicht schon eine einzige Spritze.

Wichtig ist, dass man behandelt wird! Eine unbehandelte Syphilis kann auch nach einigen Jahren ganz plötzlich richtig übel enden, obwohl man die letzten Monate/Jahre nichts von der Infektion merkte!

Ist noch was wichtig?
Dein*e Sexpartner*innen müssen informiert und unbedingt mitbehandelt werden, damit ihr euch nicht immer wieder gegenseitig ansteckt!

Chlamydien

Wie merke ich, dass ich Chlamydien habe?
Oft gar nicht. Wenn doch, dann gern mit wässrigem Ausfluss, eventuell brennende Augen, Schmerzen beim Pinkeln und beim Orgasmus oder sogar beim ~~Kacken~~ Stuhlgang. Das liegt daran, dass sich durch die Chlamydien die Scheide/Penis/Po entzünden. Die Chlamydien können sich auch auf den kom-

pletten Körper ausbreiten, wenn man zu lang mit der Behandlung wartet.

Wie wo wann steckt man sich an?

Wie bei nahezu allen anderen STIs auch: Wenn der Penis in eine infizierte Scheide/Po/Mund geschoben wird oder du an einer infizierten Scheide/Penis leckst, kannst du dich dabei anstecken. Leider aber auch schon durchs Fummeln. Wenn du mit deinen Fingern an einer infizierten Scheide/Penis/Po hantierst und du dir danach mit diesen Fingern an den eigenen Dödel fasst, kannst du dich dabei bereits anstecken!

Woher weiß ich, ob ich infiziert bin?

Wenn du merkst, dass es sich am Penis ganz komisch anfühlt, es brennt und du auch diesen wässrigen Ausfluss hast, kann man einen Abstrich- und Urin-Test machen. Diese Dinge werden ins Labor geschickt, und nach drei bis vier Tagen hat man das Ergebnis.

Wie wird man behandelt?

Gegen die Chlamydien gibt es zwei starke Mittel, die man zirka eine Woche nehmen muss. Die komplette Ausheilung dauert leider drei bis vier Wochen, weil die Chlamydien wirklich viel in der Schleimhaut zerstören können. Daher hier noch mal die Ansage: Geht direkt zum Arzt, wenn ihr das Gefühl habt, da stimmt was nicht. Wer länger wartet, braucht auch viel, viel länger, bis er wieder gesund ist!

Ist noch was wichtig?

Bei Chlamydien ist eine schnelle Behandlung umso wichtiger, weil diese Bakterien deine Samenleiter und auch die Eileiter bei den Frauen verkleben können. Die Folgen: Du/dein*e Partner*in könnte unfruchtbar werden.

Dein*e Sexpartner*innen müssen also informiert und unbedingt mitbehandelt werden, damit ihr euch nicht immer wieder gegenseitig ansteckt!

HPV (steht für «Humane Papillomviren»)

Wie merke ich, dass ich HPV habe?
Die Viren verursachen kleine Warzen am Penis, am Po oder bei Mädchen an der Scheide.

Wie wo wann steckt man sich an?
Leider ziemlich leicht. Das Berühren der kleinen Warzen reicht oft schon aus, und man überträgt diese auf den eigenen Körper. Natürlich sind Mund / Penis / Scheide / Po die beliebtesten Ziele dieser kack Dinger.

Woher weiß ich, ob ich infiziert bin?
Wenn du ca. eine Woche nach dem Sex am Mund/Penis oder am/im Po kleine Hautknötchen siehst bzw. fühlst, dann mal direkt ab zum Arzt.

Wie wird man behandelt?
Die Warzen müssen je nach Körperregion und Stärke individuell behandelt werden. Der Fachmann wird dann das beste Verfahren wählen.

Ist noch was wichtig?

Bei Mädchen kann HPV zu Krebs führen. Mädchen und Jungs können sich jedoch *gegen die meisten HPV-Stämme impfen lassen.* Das ist für Mädchen bis 17 Jahren kostenfrei und für Jungs bis 17 Jahren bei einigen Krankenkassen auch. Aber selbst, wenn es was kostet, lohnt es sich: Man ist danach sein ganzes Leben lang vor diesen Stämmen geschützt! Das Geld ist also eine mehr als sinnvolle Investition. Der große Knackpunkt ist jedoch: *Die Impfung muss vor dem ersten Mal Sex passieren!*

Sonstiges

Diese Krankheiten sind lang nicht alles, was du dir einfangen kannst. Auf der Liste stehen noch Filzläuse, Krätze, Genitalherpes, alle Hepatiden, Trichomonaden oder Pilze. Die obigen sind aber wohl die, mit denen man am häufigsten zu tun hat. Daher gibt es jetzt nur noch wenig abschließende Worte, die ihr euch aber bitte sehr zu Herzen nehmt:

- Wenn es einige Tage nach dem Sex im oder am Penis juckt oder brennt oder tropft oder komisch aussieht: sofort zum Arzt!
- Es gibt für alles Medikamente!
- Wer wartet, macht es von Tag zu Tag schlimmer. Es wird **nicht** von allein weggehen!
- Sexpartner*innen informieren und mitbehandeln. Das ist doof, gehört aber dazu. Sonst bist du direkt wieder krank.

Fazit

Sex ist toll, Sex macht Spaß und Sex ist ungefährlich, wenn sich jeder Mensch regelmäßig testen lässt und bei Unstimmigkeiten zum Profi läuft. Verantwortung für sich und andere zu übernehmen, gehört zum Erwachsenwerden dazu. Wenn wir das alle so machen, dann wird uns allen auch nichts passieren.

RAUCHEN, ALKOHOL UND ANDERE DROGEN

Wo wir schon bei den mega Downern sind, lass uns noch kurz über Drogen sprechen. Ich möchte eigentlich ungern damit anfangen, wie schlecht Drogen sind: Das steht schließlich in jedem Buch und jeder Aufklärungsbroschüre. Problem ist nur: Es stimmt leider. Drogen machen abhängig, und sie machen deinen Körper und deinen Kopf kaputt. Ende. Das ist Fakt – und diesen Fakt kann man auch nicht wegdiskutieren.

Andererseits haut sich so ziemlich jeder Mensch irgendwelche Drogen rein. Täglich! Drogen scheinen also auf gewisse Weise zu unserem Leben dazuzugehören. Nur: Wo liegt die Grenze, was bewirken diese Substanzen und …

Was sind eigentlich «Drogen»?

Rein *wissenschaftlich* betrachtet müsste man alle Stoffe, die man zur Herstellung von Medizin benötigt, Drogen nennen. Tut aber keiner. Von *Drogen* spricht man immer dann, wenn es um Stoffe (Flüssigkeiten, Pulver, Pillen) geht, die das Bewusstsein verändern. Das kann heißen, dass sie einem Energie geben, extreme Freude hervorrufen (z. B. wie bei Harry Potter das *Felix Felicis*-Elixier) oder aber bewirken, dass einem von jetzt auf gleich alles total egal ist und man keine Angst mehr vor nichts hat.

Die meisten Leute denken bei dem Wort *Droge* an Stoffe wie *Heroin, Kokain, Gras / Marihuana / Haschisch, Crystal Meth* oder *Ecstasy.* Wenn man es aber ganz streng nimmt, dann zählen auch *Koffein* (Kaffee/Tee/Energydrinks), *Alkohol* (Bier/Wein/Schnaps, usw.) und *Nikotin* (Zigaretten) zu den Drogen: Denn auch sie verändern das Bewusstsein. Ja, ernsthaft. Es scheint also so was wie *gute* und *schlechte* Drogen zu geben.

Gute und schlechte Drogen?

Im Grunde braucht man keine der oben genannten Stoffe zum Überleben. Daher gibt es auch keine *guten* und *schlechten* Drogen. Es gibt nur *weniger schlimme* bis *sehr schlimme* Drogen. Man könnte auch sagen, es gibt *akzeptierte* Drogen und *nicht akzeptierte* Drogen. Meistens deckt sich *weniger schlimm* mit *akzeptiert* und *sehr schlimm* mit *nicht akzeptiert.*

Ich geb euch mal ein paar Beispiele: Menschen trinken gerne Kaffee oder Tee, weil das Koffein darin wach macht und die Leistung fördert. Das finden natürlich alle gut. Also kann Koffein ja keine schlimme «Droge» sein, oder?

Nächstes Beispiel: Rauchen. Mal abgesehen davon, dass es einfach mega eklig ist, behaupten die Rauchenden, dass sie das Rauchen entspannt. Hm, kann ja also auch nicht so schlimm sein, ne?

Weiteres Beispiel: Alkohol. Dadurch werden Partys viel geiler, alle sind locker drauf und haben viel Spaß. Außerdem trinkt ja echt jeder Alkohol. Also kann er auch nicht wirklich schlimm sein, richtig?

Ich glaube, jetzt kommen die Ersten so langsam ins Grübeln.

Diese ganzen Stoffe werden vor allem dann zum Problem,

wenn sie nicht mehr als Genussmittel eingesetzt (also nur in «besonderen Momenten»), sondern zum Leben «nötig» werden, weil man meint, ohne sie nicht mehr klarzukommen. Selbst bei diesen vergleichsweise «harmlosen» Drogen kann man das beobachten! Wenn man Leuten, die viel Kaffee trinken, viel rauchen oder viel Alkohol trinken, diese Stoffe wegnimmt, zeigt sich nämlich plötzlich die Abhängigkeit. Da isses dann wie bei den schlimmeren Drogen: Auf einmal werden diese Menschen aggressiv, fordern ihr Recht auf Kaffee/Tabak/Alkohol ein, können sich nicht mehr konzentrieren, zittern oder sind extrem aufgebracht. Mit anderen Worten: Es zeigen sich typische Entzugserscheinungen.

Ein entscheidender Faktor beim Drogenkonsum ist also die Dosierung. «Die Dosis macht das Gift!», sagt man so schön. Im Grunde bleibt Droge aber Droge, und gerade bei Nikotin und Alkohol weiß man inzwischen, welche dramatischen Wirkungen sie auf den Körper haben können.

Der Unterschied zu den *härteren* Drogen ist, dass diese sehr schnell, sehr stark abhängig machen und den Körper extrem schnell zerstören. Auch in kleinen Mengen. Die Stoffe beißen sich so in der Psyche fest, dass der Körper innerhalb kürzester Zeit nach einer neuen und stärkeren Dosis schreit. Das Bedürfnis nach der Droge wird von Mal zu Mal größer, die Abstände zwischen der Einnahme werden immer kürzer. Während man von Koffein, Tabak und Alkohol also eher langsam, aber stetig abhängig wird, geht es bei den härteren Drogen rasant bergab: schnelle Abhängigkeit, kaputter Körper und sehr schwieriger Entzug.

Lasst also bitte die Finger davon. Die gesellschaftsfähigen Drogen wie Alkohol, Zigaretten und mittlerweile auch Gras werden euch definitiv bald begegnen – falls ihr nicht sowieso schon erste Erfahrungen damit gemacht habt. Seid euch aber immer bewusst, welche Macht von diesen Dingen ausgeht. Wenn ihr sie konsumiert, dann bewusst, sodass es etwas Besonderes ist. Sich mehrmals die Woche den Schädel wegzuballern, ist definitiv *nichts* Besonderes. Auch wenn es «nur» jedes Wochenende passiert, hat das nichts mehr von einem «speziellem Augenblick», sondern kann bereits der Weg in die Abhängigkeit sein. Habt das im Hinterkopf!

Meine Meinung zum Thema Drogen

Meine eigene Einstellung zu Drogen ist etwas lockerer, als man es von Erwachsenen eventuell erwartet. Ich bin tatsächlich für die Entkriminalisierung von Drogen! Von *allen* Drogen. Boah! Whaaaat?

Die Drogenpolitik des Verbots und der strafrechtlichen Verfolgung bringt wenig bis nichts. Nur weil Dinge verboten sind, heißt es nicht, dass sie aufhören zu existieren. Sie sind bloß schwieriger zu finden / zu sehen, weil man sie ins Heimliche verbannt. Damit fördert man illegale Strukturen und gewaltbereite, organisierte Kriminalität. Die meisten Menschen, die wegen Drogendelikten bestraft werden, sind die Konsumenten – und nicht die Leute, die die Drogen in den Verkehr bringen und damit ordentlich Geld verdienen. Man bestraft dadurch also die, die durch ihre Abhängigkeit eh schon gestraft genug sind.

Es bleibt dabei: Obwohl viele Drogen verboten sind, werden sie trotzdem genommen, nur eben heimlich. Sie werden in Parks, Hinterhöfen oder auf Partys gehandelt. Die Substanzen, die man dann dort bei fremden Menschen kauft, sind meist von fragwürdiger Qualität, eventuell mit anderen Chemikalien gestreckt und dadurch noch schlechter für die Gesundheit. Es blüht also ein riesiger, gefährlicher und gewalttätiger Schwarzmarkt, den man mit immensen Steuergeldern und Polizeieinsätzen zu bekämpfen versucht. Hat man dann vielleicht mal einen Drogendealer festgenommen, springt sofort ein anderer für ihn ein und vertickt die Drogen weiter. Der Kampf ist also recht aussichtslos.

Eine Lösung kann deshalb sein, alle Drogen zu legalisieren. Abhängige können dadurch Drogen in guter Qualität an speziellen Orten (Apotheken, klassifizierten Shops) kaufen und sie mit sauberen Nadeln in einer sauberen Umgebung etc. konsumieren. Das schützt vor Krankheiten, es schützt die Gesellschaft, weil die Abhängigen nicht mehr auf der Straße/Spielplatz liegen oder sie kriminell werden, um sich Geld für ihren Konsum zu beschaffen, und gleichzeitig ist dem Schwarzmarkt die Grundlage genommen. Dealen bleibt nach wie vor verboten - aber warum sollte man bei Fremden kaufen, wenn man das Zeug dann legal bekommen kann?

Jetzt kommt ein ganz großes **ABER**!

Gleichzeitig muss erheblich mehr Aufklärung geleistet werden. In Schulen/Jugendzentren/Jugendseiten muss über alle Stoffe und Gefahren informiert werden. Es muss jedem Kind schon sehr früh klargemacht werden, dass Drogen in einem kurzen Moment vielleicht mal toll sein können, aber eben kein lustiges Spiel sind! Es muss deutlich werden, wie viel Schaden Drogen in kurzer Zeit anrichten. Sucht- und Entzugshilfen können ausgebaut werden, Streetworker könnten sich besser um die wirklich Abhängigen kümmern und die eingesparten Polizeieinsätze können jetzt für wirkliche Verbrechen genutzt werden.

Klingt utopisch und nicht machbar? In Portugal sind seit 2001 alle Drogen entkriminalisiert. Das bedeutet, man darf dort Drogen in gewissen Mengen besitzen und konsumieren. Mit erstaunlichem Ergebnis: Die Anzahl der Drogenabhängigen ist teilweise auf ein Drittel gesunken, es gibt viel weniger Beschaffungskriminalität, viel weniger Drogentote, erheblich weniger HIV-Übertragungen (z. B. durch schmutzige Spritzen) und gleichzeitig viel mehr Menschen, die einen großen Bogen um Drogen machen.

Fazit

Ich selbst habe mit Drogen nahezu nichts am Hut, weil ich über deren drastische Auswirkungen informiert bin. Ich trinke höchstens am Wochenende Alkohol und habe zweimal im Leben Gras ausprobiert. Rauchen finde ich unfassbar beschissen und Kaffee eklig. Dennoch bin ich für die Entkriminalisierung aller Drogen, wenn starke Prävention, reine Substanzen mit realistischen Preisen und Suchthilfe ineinandergreifen.

Und jetzt sei stark. Denn ...

Oha! Du bist tatsächlich
am Ende vom Buch!

Wow.

Endspurt …

NACHKLAPP: WARUM GIBT ES **jungs**fragen EIGENTLICH?

Ich unterrichte diesen ganzen sexuellen Bums ja tatsächlich in den Schulklassen der Nation. Heißt, ich stehe z. B. bei dir vorne in der Klasse, da, wo sonst eure Lehrer stehen, und bringe euch diesen Kram bei. (Soll ich auch mal zu euch kommen? **www.jungsfragen.de/schule**)

In diesem Unterricht wurden mir anfangs immer und immer und immer und immer wieder die gleichen Fragen gestellt. In jeder Klasse.

Angefangen hat alles in Köln. Wenn sich also die ganzen Jungs dort für diese Fragen interessieren, dann interessiert es bestimmt auch die ganzen Jungs deutschlandweit, dachte ich mir. Wahrscheinlich sogar weltweit, aber dafür spreche ich zu wenige Sprachen. Also fing ich an, diese Fragen in kleinen Videos auf YouTube zu beantworten.

Anfangs war das alles noch ruhig und entspannt. Ich kam eher wie ein Lehrer rüber und habe versucht, alles ganz vorbildlich zu erklären. Mittlerweile seid ihr es ja von mir gewohnt, dass ich in deutlichen Bildern spreche, keine Angst vor den Wörtern *Muschi, Arsch, Titten, Pimmel, Kacken, Ficken* habe und euch auch mal öffentlich einen Spruch drücke.

Ist das zu vulgär? Nö. Für einige Leute vielleicht, für die sind dann aber auch die **jungs**fragen nicht gedacht. Ihr lernt wesentlich besser, wenn man den Unterricht lustig gestaltet und vor allem in eurer Sprache. Gerade auch bei diesem Thema. Dazu gehört, dass man die Dinge deutlich beim Namen nennt und sie nicht in komische Fachwörter oder vornehm verpackt. «Glied». Wie sich das schon anhört! Keiner von euch sagt *Glied*. Schwanz, Pimmel, Teil, riesiger Schwanz. *Das* ist eure Welt!

Ich fing also mit drei Videos an: «Penis ausmessen – so geht's», «Was passiert bei einem Orgasmus?» und «Ist Wichsen ok?». Sprich, die wichtigsten Themen. Für diese Videos habe ich keine Werbung gemacht – sowieso habe ich noch nie Werbung für meine Videos geschaltet. Ich habe darauf vertraut, dass ihr eh nach diesen Stichworten sucht. Und tatsächlich: die Views stiegen und stiegen, und nach ein oder zwei Wochen hatte ich fünfzig Abonnenten. Haha. Fünfzig. Aber für mich war das damals schon echt krass.

Jede Woche kamen ein oder zwei Videos dazu. Man muss ja ordentlich Content liefern, um für YouTube interessant zu bleiben; außerdem mussten ja auch meine unglaublichen fünfzig Abonnenten bei der Stange gehalten werden. Wenn ich mir diese alten Videos heute anschaue, wundert es mich total, dass überhaupt fünfzig Leute so lang geblieben sind: Eins schlimmer als das andere. Total gestellt, immer ganz vorsichtig formuliert und Witze immer hinter vorgehaltener Hand erzählt. Me-ga-lang-weil-ig.

Mittlerweile wissen wir ja alle, wie die Reise weiterging und wohin das alles geführt hat; schließlich hältst du gerade das **jungs**fragen-Buch in der Hand! EIN BUCH! Wie viele große YouTuber schreiben schon Bücher? Ach, machen alle, ne? Hm. Ok, aber ICH HALT AUCH. 😁 Ergo, bin ich ein wahnsinnig berühmter YouTuber, tadaa.

Aber mal ernsthaft: Die Zahl der Abonnenten liegt mittlerweile jenseits der fünfzig Personen, und mein Leben hat sich durch die **jungs**fragen deutlich verändert. Ich habe berühmte Leute getroffen, spannende Auftritte gehabt, tolle Schulklassen unterrichtet und bei allen **#Bentreffen** unfassbar sympathische Menschen kennengelernt.

Auch du bist ein ganz großes Stück von den **jungs**fragen – denn ohne dich wäre all das nicht möglich gewesen! Dir und den vielen anderen: vielen Dank!

(Wenn du dieses Buch dabeihast, wenn wir uns mal sehen, dann schreibe ich dir hier was hin.)

BUH!

Na, erschreckt?

MIX
Papier aus verantwortungsvollen Quellen
FSC® C083411

Das für dieses Buch verwendete Papier ist FSC®-zertifiziert.